U0902371

語司書坊

语之可　第一辑

策　划：作家文摘·语可书坊
主　编：张亚丽
副主编：唐　兰
统　筹：姬小琴
编　辑：裴　岚　之　语
设　计：于文妍　之　可

语之可

Proper words

01

可惜风流总闲却

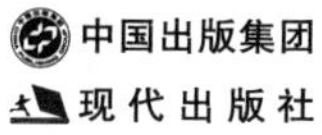

目录

高适：人生是一场逆袭

王爱军

他对李白的沉默，更多的是源于政治因素。说起来李白虽然经历过几年的宫廷生活，但他的官场经验相当苍白，政治敏感性更是极为迟钝，当高適以统帅的高位讨伐永王李璘时，李白实际也成了他的对手和敌人，他的身份决定了他不能也不敢因私情救李白出狱，这是由封建社会的政治生态决定的。

高適，唐代诗人，生于700年，卒于765年。字达夫、仲武，渤海蓨（音同条，今河北景县。）人。

高適是唐代著名的边塞诗人，与岑参并称“高岑”。高適的人生，用现在的话来说，就是一场华丽的“逆袭”——在50岁之前，他穷困潦倒，甚至沦落到乞食度日。后来他毅然投笔从戎，10年间就从舞文弄墨的诗人一跃而成纵马疆场的将军。《旧唐书》说：“有唐以来，诗人之达者，唯適而已。”他成为唐代历史上仅有的因军功而至封侯的诗人。

一次次名落孙山

与唐代众多的知名诗人相比，高適的成名之路走得相当艰辛。他出生于官宦之家，父亲高崇文曾任过韶州

（今广东韶关）长史，但在高適出生时，家境逐渐衰败下来。虽然家里穷得一塌糊涂，但年幼的高適并不在意，他性格开朗，爱交游，有游侠之风，平日里总喜欢和人讨论王霸之道，俨然胸怀大志。

20 岁时，高適便仗剑出游长安，开始了逐梦之旅。他参加了科举考试，虽然对自己的才学颇为自负，但结果却是名落孙山。落榜的原因，唐人殷璠在《河岳英灵集》中说是由于高適瞧不起常规的考试，不喜欢诵读经史，文走偏锋，以致出师不利。

自此，高適客游于梁（今河南开封）、宋（今河南商丘）之间，“渔樵十二年，种瓜漆园里，凿井卢门边”，继续着困顿的生活。不过科举失利并没有磨灭掉高適的志气，他一边继续埋头读书，一边交游，等待着下一次的机会。

开元十八年（730 年），契丹背叛唐朝，唐玄宗下诏征讨。高適于第二年北上蓟门，奔赴边塞，面对壮丽的山川和紧张的战局，他写下了“北上登蓟门，茫茫见沙漠。倚剑对风尘，慨然思卫霍”的诗句，表明自己希望像汉代大将卫青、霍去病那样在边塞立功封侯。为了实现梦想，高適投奔到当时负责驻防蓟门的信安王李祎的帐下，递上了《信安王幕府诗》，表达了自己入幕从戎的强烈愿望，可惜李祎并没有把这个年轻人当回事。在边塞游走两年后，终因“北路无知己”，高適无奈地结束了这次行程。

游走长安未果，投军边塞不成，高適不得不回到现实中，重走他的科举入仕之路。只是参加了几次，竟然无一中第。原来，在唐玄宗后期，杨国忠和李林甫弄权，那时参加科举考试，没有高层提携关照，仅凭自己的才能，成功的概率几乎为零。最荒唐的事发生在天宝六年（747 年），李林甫担任主考官。他尤其嫉恨因为文学才能而得到封赏进官的士人，结果参加考试的举子倒是不少，最终没有一个被录取。面对这场闹剧和丑闻，李林甫居然还上表向唐玄宗表示祝贺：“天下贤士都在为国报效而没有遗漏，这是多么人尽其才、物尽其用啊！连尧舜明君都不能如此明察秋毫吧！”而这次落榜的人中，不仅有高適，还有杜甫、元结等一批名闻后世的诗人。

一而再，再而三的人生挫折，让高適相当郁闷，此时只有诗能让他抒发这种不遇的悲慨，发泄这种愤懑的情绪。“暮天摇落伤怀抱，倚剑悲歌对秋草”“斗酒相留醉复醒，悲歌数年泪如雨”。虽然满怀苍凉，但高適并未失去豪迈的志向。当郁郁不得志的琴师董庭兰颓然离开长安时，高適为他送行，写下了流传千古的《别董大二首》，其中写道：“千里黄云白日曛，北风吹雁雪纷纷。莫愁前路无知己，天下谁人不识君。”这首诗慷慨激昂，信心十足，话是说给倍感失意的董庭兰的，但又何尝不是说给自己的呢？

艰难困苦，玉汝于成，高適的坚持最终结出了果实。天宝八年（749 年），诗名远播的高適得到了名相张九龄的弟弟、宋州刺史张九皋的赏识，在他的推荐下，高適参加了考试，终于中第，授了个地方小官。这一年，他已年近半百。

走上了从军的路

虽说千辛万苦，得来了官职，但上任没多久，高適就觉得很没劲，“只言小邑无所为，公门百事皆有期”，不仅地方小、事小，官职只有九品，更让他受不了的是

“拜迎官长心欲碎，鞭挞黎庶令人悲”。最终，干了三年后，高適辞掉了这个千辛万苦得来的小官，重新为梦想奔波起来。

高適的命运在天宝十一年（752 年）发生了转机，时任陇右节度使的唐朝名将哥舒翰看中了他，邀请他加入自己的幕府。从此，高適的人生峰回路转。

能够投身军旅，高適相当兴奋，他在诗中表达了这种欣然的心情。“功名万里外，心事一杯中……离魂莫惆怅，看取宝刀雄。”（《送李侍御赴安西》）真是壮志满怀，雄心勃发。在《塞下曲》中他又写道：“万里不惜死，一朝得成功……大笑向文士，一经何足穷。”从中可以看出那种向往战功的慷慨豪情。

天宝十四年（755 年），安史之乱爆发，唐玄宗下诏哥舒翰讨伐叛军，同时命高適辅佐哥舒翰，镇守潼关。哥舒翰制定的军事策略是避敌锋芒，坚守潼关，然而宰相杨国忠却一直怂恿唐玄宗，让他下诏命哥舒翰出关迎敌。哥舒翰被逼无奈，“恸哭出关”，最终兵败被俘，变节投敌。潼关失守后，唐玄宗被迫出走四川。

危难之时，穷节乃见，身在乱军中的高適没有被功名利禄所引诱，他冒死抄小路星夜兼程，追上了唐玄宗。此时，大臣们对哥舒翰是一片谩骂，高適却站出来说：哥舒翰一生忠义，因为生病使他不能明断，才导致失败。监军李大宜不关心军务大事，每天以歌舞娱乐，此外士兵每天吃粗糙的饭食，尚且不能吃饱，要求这样的军队去拼死作战，失败当然就是很自然的事。我多次向宰相杨国忠说到这些事，他不肯听。所以陛下有今天的西行逃难，不值得深以为耻。唐玄宗非常认同他的说法，擢升他为谏议大夫。

为尽快平息安史之乱，有人建议唐玄宗分封诸王到各地，授予军事权力。这事遭到了高適的激烈反对，他说："诸王分镇各地，很容易出现割据的局面，只能导致更大的混乱。"唐玄宗不听，结果高適的担忧很快就变成了现实。天宝十五年（756年），镇守江陵的永王李璘叛乱，图谋割据东南。当时唐玄宗已退位，新上任的唐肃宗李亨听说了高適的劝谏，便召他谋划如何处理这个烂摊子。高適冷静地分析了江东的形势，结论是永王必败。他的话让唐肃宗吃了一颗定心丸，于是让他兼任御史大夫、扬州大都督府长史、淮南节度使，主持平定江淮叛乱。事实证明了高適的预见，面对朝廷的讨伐，永王很快就土崩瓦解，兵败被杀。

因为这场功劳，高適受到唐肃宗的重用，威望与日俱增，然而他说话太直，很得罪人，让权臣李辅国十分不爽，于是数次在唐肃宗面前打小报告。一年后，高適就被降职，他建功立业的勃勃雄心，再次被泼下了一盆冷水。

好在身处乱世，人才压都压不住。乾元二年（759年），蜀中大乱，花甲之年的高適被重新任用，先为蜀州刺史，后转为彭州刺史，率部平定了叛乱，稳定了四川的局势。广德元年（763年），唐代宗登基第二年，就让高適出任剑南节度使。当时，吐蕃趁着唐王朝刚刚平定安史之乱，立足未稳之时，乘机起兵犯境，高適率兵顽强抵抗，终因实力不济，陷落了三个州，朝廷很客观地看待这件事，并没有追究他的失利责任。第二年，高適奉诏回朝，进封渤海县侯，最终实现了封侯的人生理想。

比李白更有政治远见

有一件事，让高適颇受后世的诟病，那就是朋友李白在经历永王李璘之难时，向他发出求救，而他竟漠然置之，背后的原因何在呢？

高適与李白相识，缘于杜甫的引荐。天宝三年（744年），李白因为得罪了杨贵妃和高力士，难在长安容身，于是上书唐玄宗，请求还山。唐玄宗以其“非廊庙器”，下诏赐金放还。李白一路东行，在洛阳与杜甫相遇，随后两人相约同游汴州（今河南开封），此时高適正寓居于此，杜甫邀他一起，于是三人同行。他们曾同登禹王台，煮酒论文，笑谈古今，登临凭吊，狂歌痛饮。杜甫曾写下《昔游》，深情回忆三人壮游的情景：“昔者与高李，晚登单父台。寒芜际碣石，万里风云来……”汴州之游，让他们结下了深厚的友谊。

然而世事弄人，分别十几年后，高適与李白这对曾经的朋友，却走到了兵戎相见的地步。

原来安史之乱时，李白避乱南下，隐居于江西庐山。至德元年（756年），永王李璘擅自引兵东巡，路过庐山时，盛邀李白入幕。李白一直沉浸于报国无门的痛苦中，不仅欣然前往，还满怀激情地写下了《永王东巡歌十一首》，其中写道："永王正月东出师，天子遥分龙虎旗。楼船一举风波静，江汉翻为雁鹜池。"天真的他以为只要永王出征，就能"南风一扫胡尘静，西入长安到日边"。可惜李璘耀武扬威的目的不是为了北上平叛，而是想拥兵自立。此时高適正接受唐肃宗的重托，以淮南节度使的身份，踏上了讨伐李璘的征程。

李璘兵败后，李白以"附逆"之罪被关在浔阳郡（今江西九江）的大狱里，难逃一死。身在牢狱中，他大概很为自己的糊涂而懊悔，在得知高適正是平叛的主帅时，满怀希望地写诗向他求救。然而李白的求救信如石沉大海，杳无音信。所幸李白的夫人宗氏极力营救，他才被免除死罪，流放夜郎。

事实上，高適绝不是见利忘义、见死不救的那种人，这从他对杜甫的态度上可以得到佐证。

乾元元年（758 年），杜甫被贬为华州司功参军。两年后，他辞官来到成都，在浣花溪修建草堂定居。由于失去了经济来源，他的生活一度陷入困境。此时，高適恰好入蜀担任彭州刺史，得知杜甫的情况后，不仅寄诗慰问，还经常派人给杜甫送钱送粮，帮他渡过难关。杜甫非常感动，在《酬高使君相赠》中写道：“故人供禄米，邻舍与园蔬……草玄吾岂敢，赋或似相如。”后来高適改任蜀州刺史，杜甫专程从成都到蜀州拜望，分别之时，高適非常惆怅，写下了著名的《人日寄杜二拾遗》：“人日题诗寄草堂，遥怜故人思故乡。柳条弄色不忍见，梅花满枝空断肠。”杜甫则回和一首《追酬故高蜀州人日见寄》，无限感慨地说：“自蒙蜀州人日作，不意清诗久零落……长笛谁能乱愁思，昭州词翰与招魂。”北宋绍兴年间，蜀州州官计敏夫为了纪念杜甫与高適的深厚友谊，在蜀州修建了“尚友阁”，并将他们的这两首诗雕刻其间，供后人凭吊。

可见高適对朋友的友谊还是十分珍视的，他对李白的沉默，更多的是源于政治因素。说起来李白虽然经历过几年的宫廷生活，但他的官场经验相当苍白，政治敏感性更是极为迟钝，当高適以统帅的高位讨伐永王李璘时，李白实际也成了他的对手和敌人，他的身份决定了他不能也不敢因私情救李白出狱，这是由封建社会的政治生态决定的。

与二王 PK 诗歌

高適以边塞诗见长。当时他的诗极为流行。唐人薛用弱在《集异记》中，记载了一则高適与边塞诗人王昌龄和王之涣“旗亭画壁”的逸事。

有一天，天空飘起了小雪，高適与王昌龄、王之涣在酒楼相聚小饮。正举杯间，忽然有掌管乐曲的官员率十余歌伎登楼聚宴，三人见状，便避席躲在一个角落里，观看她们表演节目。一会儿，有四位漂亮的歌伎登上楼来，乐声响起，演奏的都是当时有名的曲子。王昌龄悄声对高適和王之涣说：“我们都诗名远扬，但一直未能分个高低，今天咱们就听这些歌伎们唱歌，谁的诗唱得多，谁就是第一。”两个人都笑着表示同意。

只听一个歌伎唱道：“寒雨连江夜入吴，平明送客楚山孤……”王昌龄笑道：“我的绝句一首”，伸手在墙壁上画了一道。随后一个歌伎张口唱道“开箧泪沾臆，见君前日书……”高適也在墙壁上画了一道，说：“这是我的。”第三个歌伎又出场了：“奉帚平明金殿开，且将团扇共徘徊……”王昌龄很得意，说道：“我已经两首了。”

王之涣自以为成名已久，可竟无人唱他的诗作，有些下不来台，于是对高適和王昌龄说：“她们都是不出名的丫头片子，唱的不过是不入流的歌曲，那阳春白雪类的高雅之曲，哪是她们唱得了的呢！”他用手指着其中最漂亮的一个歌伎说：“这个小妮子唱时，如果不是我的诗，我这辈子就不和你们争高下了；如果真是唱我的诗，二位就拜倒于座前，尊我为师好了。”两个人笑着说：“等着瞧。”

这位歌伎出场，果然唱道：“黄河远上白云间，一片孤城万仞山……”王之涣异常得意：“我说得没错吧！”三人开怀大笑。他们的笑声惊动了那些歌伎，走过来询问何事。王昌龄就把比诗的缘由告诉了她们，歌伎们大惊失色，急忙下拜施礼说：“请原谅我们俗眼不识神仙，恭请诸位大人赴宴。”三位诗人应邀入席。

高適的诗写得好，一方面因为天生的才气，另一方面则是因为认真。相传他曾外出巡察，路过杭州清风岭一座禅寺时，触景生情，在寺庙的墙壁上题下一首诗：

“绝岭秋风已自凉，鹤翻松露湿衣裳。前村月落一江水，僧在翠微角竹房。”离开禅寺后，他仔细观察钱塘江水，发现月落时，江水随潮而退，只剩下半江水。他想起那首诗，觉得应该把“前村月落一江水”中的“一”字改为“半”字。巡察归来，高適特地回到寺院，把墙上的诗改了。

高適的边塞诗经常被拿来与岑参相比较，有人以为他的诗“体气狭小”，不及岑参的高歌激昂，故而“岑胜高远甚”。唐人殷璠则认为：“適诗多胸臆语，兼有气骨，故朝野通赏其文。”

“气骨”两字，道出了高適边塞诗的最大特点。这既与他落拓不羁的豪迈性格有关，更得益于他在边塞游历和战斗的生活经历。这种风格在高適的代表作《燕歌行》中，得到了最为生动的体现：“汉家烟尘在东北，汉将辞家破残贼。男儿本自重横行，天子非常赐颜色……君不见沙场征战苦，至今犹忆李将军。”他的诗雄壮豪放，“如骏马驻坡，鹰击长空的雄放之气，无不动人心魄”，“不但展示出蓬勃向上、璀璨壮美的‘盛唐气象’，同时也凸现出诗人性格豪爽、抱负远大和刚毅勇敢的精神面貌。”这也是高适的诗动人心魄，至今为人们所喜爱的原因所在。

永泰元年（765年），高適病逝。他的诗作，集成《高常侍集》，流传于世。

当初，唐玄宗在任命高適为侍御史的诏书中说他：“立节贞竣，植躬高朗，感激怀经济之略，纷纶赡文雅之才。长策远图，可云大体；谠言义色，实谓忠臣。”评价之高，可谓荣耀之至。而他以天下为己任，愈挫愈勇，矢志不渝，终以诗人之身，成就了军功报国的理想，更让我们感喟、钦佩。

可惜风流总闲却

——王安石和他的朋友圈

赵允芳

一幅《流民图》使朝廷内外炸了锅，看到这幅图的人无不掉眼泪，两宫太后也哭着咒骂：“安石乱天下！”神宗的心里翻江倒海，他第一次真的坐不住了，颤抖着问王安石：“怎么会这样？为什么会有这么多的人家破人亡流落街头……”王安石却从容应对：“有什么可大惊小怪的！旱涝灾害是常有的事，不足为虑。”

1070年，宋神宗熙宁三年。大年初一这天，帝国的副宰相王安石带着酒后的醉意和身处权力巅峰的快意，提笔写下了著名的《元日》——

爆竹声中一岁除，春风送暖入屠苏。千家万户曈曈日，总把新桃换旧符。

这首诗的作者，并非诗人王安石，而是身为政治家、改革家的王安石。

《元日》，并不是对冬去春来季节更替的空洞抒发。这首诗写于熙宁变法之初，因此，“新桃换旧符”，完全可以视为王安石的改革总动员，是他为改变帝国积贫积弱而亲手描绘的一幅政治美景。

刚刚过去的这一年，因为王安石初行变法显得颇不平凡，亦不平静。为了“富国”和“强兵”之梦，他被血气方刚的神宗任命为参知政事，位同副相。不久，便以千钧之力颁行了均输法、青苗法、农田水利法……这些，才只是一个开始。

之后，他还将推出一系列大法、新法——

保甲、市易、保马、方田均税法……

他又大刀阔斧地改革科举制度，提举经义局，以经义取士，一改隋唐以来确立的诗赋取士制度。他是要为国家培养能够经世致用的实用型干才，而非仅仅出产满腹诗书却两耳不闻窗外事不懂柴米油盐醋的清高才子。

一切，都变得令人目不暇接。

朝野上下，为之一震，各种表情、心态、情绪复杂交织。有哗然惊愕的，有兴奋忐忑的，有抗议的，有赞同的，有哭的，有笑的，真可谓众声喧哗。这种情形倒是一改赵宋立国以来的百年沉寂和暮气，也多少激活了人们有些迟钝麻木的神经。而正是在这样一个背景下，这首《元日》很快在全国范围内流传开来。因其节奏轻快，意气豪迈，既富有生活气息，又具有哲理意蕴，就连乡下的黄口小儿都能倒背如流。可以想见，熙宁年间的朝野内外、商铺田间，都在随着“新桃换旧符”的诗意节拍，明里暗里发生着翻天覆地的变化。

事实上，随着各项大法的实施，此时的举国上下，已经沸声一片。

对窗外各种嘈杂的声音，王安石却一概不闻不问。做大事的人，往往如此。他们都有着非同寻常的倔强和毅力。所有的一切，大概也都在他的意料和掌控之中。此时的他，正踌躇满志，带领着一帮人日夜规划着帝国的蓝图。冗官、冗兵、冗费的现象，在当时已成为导致国家贫弱衰败的痼疾。好比一棵被从内部掏空的大树，实则已扛不住一点外来的风雨，所以王安石毫不避讳地告诉神宗皇帝：“百年无事，亦天助也。”大宋，是靠侥幸才延续到了今天啊！而“三冗”所费巨资，已成压在民间百姓身上的三座大山。变法势在必行！他相信，随着新法的全面实施和步步深化，已安然享国百年的大宋，将重新焕发活力，并以中原巨人的身姿屹立不倒。

只可惜，“法非良法、吏非其人”。很多好的改革思路，在执行的过程中严重扭曲、变形，反倒成了地方官吏鱼肉百姓中饱私囊的工具。正如大臣范镇在给神宗的奏章中所说："陛下有爱民之性，大臣用残民之术。"上有政策下有对策，历来是中国古代官场的传统。而权力对权力的监督，也大多只能导致二者在更深更广领域的勾结。

历史的发展、走向，从来都不是哪一个人所能左右，而往往是各方力量互相牵制、制衡的结果。

变法，很快导致变脸。

《宋史》评说王安石——

引用凶邪，排摈忠直，躁迫强戾。

的确，他的脾气越来越大，性格越来越执拗，以致昔日的朋友与之在政治上越行越远，甚至彻底决裂。亲人手足，也一个个离他而去。而那些经他亲手拔擢、重用的一班变法干将，也相互倾轧，趁机夺权，背叛了王安石，也背叛了变法初衷。

王安石晚年孤独。在金陵半山园，他以《千秋岁引》，写眼前"秋景"——

别馆寒砧，孤城画角，一派秋声入寥廓。

东归燕从海上去，南来雁向沙头落。楚台风，庾楼月，宛如昨。无奈被些名利缚，无奈被它情担阁。可惜风流总闲却！当初漫留华表语，而今误我秦楼约。梦阑时，酒醒后，思量着。

自然界的风花雪月，一切都美好如昨，没什么变化，变的是自己的心境。人生短短数十载，冬去春来，他本可以闲坐窗前，著书立说，在诗酒风流中，坐观云起，任花开落。但他终于没能抵挡住世俗功名利禄的诱惑，以致和自己所向往的另外一种人生境界疏离久远，枉自错过了多少个美好的秋景春色。

在词的下阕，他用了两个“无奈”，一个“可惜”。

可惜风流总闲却。

这是一个曾经改变了国家命运也扭转了历史走向的大政治家，在烈士暮年发出的一声叹息。

专心等待属于自己的时代

变法之前，王安石默默地积累学问，积攒人脉、声名，并渐得朝堂内外的信赖褒奖。宋人马永卿《元城语录》有载：“当时天下舆论，以金陵王安石不作执政为屈。”

在一个人治的社会中，老百姓总是习惯于将命运寄望于几个能臣、好官。

可他偏偏不出来。

《宋史》说他：“先是，馆阁之命屡下，安石屡辞；士大夫谓其无意于世，恨不识其面。朝廷每欲俾以美官，惟患其不就也。”

好官和好东西是一样的，人们越得不到就越想得到。无论仁宗朝、英宗朝，他都多次拒绝了朝廷的任命。这使他声名鹊起。关键是他拒绝的态度和方式有意思。据说，仁宗朝时，曾任命王安石同修起居注。这差事并不显赫，但能够近距离地了解皇帝的一言一行，也算得上是一种特殊的恩宠和信赖了。王安石却不屑一顾，“辞之累日”。朝廷一开始以为他是自谦，后来发现他是看不上，自然不满，竟跟这个倔牛较上了劲，看谁犟得过谁。史书对这件事记载颇为翔实——

> 阁门吏赍敕就付之，拒不受；吏随而拜之，则避于厕；吏置敕于案而去，又追还之；上章至八九，乃受。

朝廷一再遣人，将敕书送到王安石府上，人家却四处找不见他。原来，他一听到门口有动静，立即一溜烟跑到厕所躲起来，蹲在里头不吭声。可跑腿送文书的阁门小吏得向上交差啊，怎么办？左等右等不来，人家干脆将文书往王府的桌上一丢，扭头便走。王安石这下急了，匆忙从厕所跑出来，一把扯住公差，把文书硬是塞还给他。如此，推辞了竟有八九回之多。不过，这场旷日持久的较量，最后还是以王安石“屈从”告终。

王安石此事，倒也未必是学古代隐士的欲擒故纵、待价而沽。他是出于对自己价值的清醒判断。他清高自重，根本瞧不上这份整日围着皇帝记载吃喝拉撒的富贵闲差。人生苦短，他知道自己应该把精力放在哪儿。

在这期间，他写过一首诗，以松自喻，字里行间，足见其自信与自负：

廊庙乏材应见取，世无良匠勿相侵。

一棵好松长成，倘若没遇见一位良匠，还不如不去采伐它。可从皇上对他的职位安排上看，仁宗显然并非王安石心目中的“良匠”。既如此，他宁愿在家待着做学问，也不愿胡乱浪费光阴才华。

他是要等。等待一个真正属于自己的时代。

仁宗仁慈厚道。可他已然老迈，早没了年轻人的血性。在他的统辖之下，整个国家也和一位老人一样，保守无趣，暮气沉沉。之后继位的英宗，又身体病弱，整日缠绵床榻，也非王安石所期待的英君明主。

但不做官不等于不关心国事。闲居江宁，反倒使他有了大把的时间去读史和思考，他沉下性子，在古代典籍中寻找灵感，寻求治国良方。

倒是他的朋友们，个个都有些沉不住气了。

王安石的朋友圈

在王安石还不为人所知时，当时已有韩（亿）、吕

（夷简）二族名满天下，堪称北宋两大政治巨室——

韩家：韩亿的岳父王旦为真宗朝的宰相，本人则官至参知政事，处事很有决断，在政治上颇具影响力。韩亿第三个儿子韩绛也官至宰相。

吕家：宰相世家，世所罕有。《宋史·列传》有云："吕氏更执国政，三世四人，世家之盛，则未之有也。"吕蒙正、吕夷简、吕公著，三代人皆为贤相。其中，吕夷简主持中书省二十年，是宋开国以来执政时间最长的宰辅。有一件事颇能说明吕夷简在北宋政坛的影响和地位：有一次，他抱病卧床多日，宋仁宗竟剪下自己的一缕胡须送给吕夷简，说他打听到一个胡须疗疾的偏方，希望能助爱卿早日康复。

王安石深知人脉关系的重要性，他想办法和韩、吕两大家族的高干子弟韩绛、韩维兄弟（韩亿之子）以及吕公著（吕夷简之子）建立起了深交。酒香也怕巷子深，王安石在这方面倒是坦然。他时常跟好友谈起自己的抱负，韩、吕兄弟都很佩服王安石的才华，一有机会便向人举荐他。

先说说韩维对王安石的影响。

神宗赵顼还没继位时，为颍王。韩维在颍王府邸任记室一职。他谈论时政经常得到颍王的夸奖，可他每每摆手表示：“此非维之说，维之友王安石之说也。”这句话，像极了民国时期文人常挂在嘴上的那句——“我的朋友胡适之”……

几次三番，韩维皆是如此，王安石便给神宗留下了深刻印象。等他刚一继位，便迫不及待地要见王安石，并委派他一个知江宁府的重任。仅隔数月，又火速提拔他为翰林学士兼侍讲，陪侍左右。可以说，是韩维韩绛兄弟以及吕公著等好友将王安石直接引荐给了国家的最高统治者，为其铺垫了走向权力巅峰的基石。

但韩维、吕公著后来在变法一事上，因与王安石“议论不合”，好友反目，甚至遭到了贬黜出京的命运。尤其是韩维，当年曾经张口闭口“我的朋友王安石”，但随着王安石成为政治核心，二人终因变法分道扬镳。

在韩维担任开封知府期间，开封的老百姓对新法怨声载道，为逃避保甲法，甚至发生了有人切掉手指或砍断手腕的惨剧。韩维如实向神宗进行了反映。王安石却很不以为然，淡然表示，自己并没有听说过此事。但即便是有，也不足为怪。在他看来，那些截指断腕者，只不过是自己愚蠢，因而容易受到别人的煽动罢了。他说，小老百姓即便是对祁寒暑雨这样的小事也都会怨天尤人的，更何况变法？因此不必顾恤他们的态度。这话听得就连神宗都有些胆战心惊，反问他：难道连老百姓怨嗟的权利都要剥夺吗？百姓的意见也不能不畏惧啊！可惜，宰相太过强势，神宗就连这类辩驳都显得苍白无力。

王安石的专断，使神宗越来越不安，他打算起用韩维做御史中丞，负责纠察百官，实际是想对王安石集团有所牵制。王安石听说后，大为不满。史载：

> 憾曩[①]言，指（维）为善附流俗，以非上所建立。因维辞而止。

也就是说，他深深忌恨韩维先前告的自己那一状，因此极力阻挠神宗的这次任命。他指责韩维喜欢附和流

① 曩（nǎng）：从前，以往，过去。

俗，任用这样的人，只会坏了皇上的大事。这场风波，后以韩维主动请辞而告终。

再说说王安石与吕公著关系的变迁。

吕公著后来选择了与司马光共进退，而与王安石坚决分道扬镳，二者形成颇有意味的参照。

史书上对吕公著其人有一个很有意思的细节描写，说他暑热不挥扇、寒冷不烤火。这大概最能说明一个人的处变不惊、自适坚守。

公著性情淡泊，简静自重。他与人交往，至诚至善，遇到真正的人才，一定千方百计为之延誉，力求闻达于皇上，使之得到重用。他学问精粹，曾为帝师，经常给皇帝上《论语》课。神宗夸赞他是真正名副其实的人才。欧阳修出使契丹，契丹国主问他，大宋当今谁为品学兼优之士，欧阳修首推吕公著。公著谈书论道，能一下抓住要害，司马光对他这一点极为钦佩——“每闻晦叔[①]讲，便觉己语为烦。”每次听了吕公著的演讲，他都自愧不如，觉得自己啰里啰唆而不能得其精要。但更重要的是，

---

① 吕公著字晦叔。

自然界的风花雪月，一切都美好如昨，没什么变化，变的是自己的心境。人生短短数十载，冬去春来，他本可以闲坐窗前，著书立说，在诗酒风流中，坐观云起，任花开落。但他终于没能抵挡住世俗功名利禄的诱惑，以致和自己所向往的另外一种人生境界疏离久远，枉自错过了多少个美好的秋景春色。

吕公著能在自己仕途得意之时，却不顾惜一己的荣光，坚持与朋友共进退。

司马光曾经因为论事得罪，被皇帝罢免了御史中丞的职务。吕公著认为处置不公，他坚辞不就皇帝对自己的更高任命，以此表示对朋友的支持。但他辞职并非装装样子，而是一辞再辞，直到自己的职务终于被解除乃止。

吕公著学问好，为人却并不迂阔，尤其看人极为精准老辣。王安石提携重用吕惠卿襄助变法事宜，吕公著却上书神宗："惠卿固有才，然奸邪不可用。"又说彼吕"獐头鼠目，必是奸邪，将来反对王安石必是此人"。后来，果然被他一语中的。但他当时却因此番言论，大大开罪王安石，被贬去了颍州。

但在仁宗、英宗时代，王安石默默无闻之时，吕公著识才重器，与王安石颇为交好，而王安石也以兄长事之。王安石"博辩骋辞，人莫敢与亢，公著独以精识约言服之"。可以说，当时的王安石，只佩服吕公著一人。王安石曾对很多人表示："晦叔为相，吾辈可以言仕矣。"屡屡辞官不做的王安石，竟然因为吕公著做了宰相，自己也终于愿意出山了。他认为自己所提的变法主张，也一定会得到吕公著的支持。但这次他错了。吕公著对于新法的反对程度，甚至超过了司马光。他数次上书，列举王安石新法过失，“以故交情不终”。

王安石的很多好友，都对他经历了寄望、失望而后抗争、绝望的过程，最后只得退避三舍，眼不见为净。正如后来朱熹所说：“是时想见其意好，后来尽背初意，所以诸贤尽不从。”甚至连条例司内被王安石提携重用的七八人，也都出于对变法“事悉乖戾”的认知，而纷纷“恳辞勇退”。

欧阳修与王安石，师友成陌路

王安石与欧阳修的关系也堪可玩味。

一开始，欧阳修曾多次举荐过王安石，可谓识者。《宋史》有云：“曾巩，王安石，苏洵，洵子轼、辙，布衣屏处，未为人知，修即游其声誉，谓必显于世。”王安石过目不忘，动笔如飞，好友曾巩把他的文章送给欧阳修看，“修为之延誉”，四处向人称赞他“德行文学，为众所推，守道安贫，刚而不屈”。又特别地夸赞他的文采：“小王天下第一，堪比李白韩愈。”

但对于这样一位真心待他的长辈和提携者，两人后来关系竟也势若冰炭。欧阳修脾气直，在地方上为官，在自己辖区公然抵制变法，拒不执行青苗法。不仅如此，他还直接给神宗上疏，请求从根上拔除害人的“青苗”。但他以一己之力，根本不可能力挽狂澜。上疏无望后，他主动提出了退休。当时欧阳修还不算太老，且又是文坛领袖，德高望重，很多人挽留欧阳修。王安石却耿耿于怀，放出狠话，给了欧阳修最重要的一击——

> 善附流俗，以韩琦为社稷臣。如此人，在一郡则坏一郡，在朝廷则坏朝廷，留之何用？

师友转眼成陌路。

而这话说得太狠、太绝，把欧阳修伤得不轻，致仕仅仅一年多，就郁郁去世了。

此时的王安石高居相位，独揽大权，炙手可热，连皇帝都让着他三分。他宛如秋风扫落叶般，清除着一切变法途中的障碍。得知欧阳公去世的消息，他竟忙里偷闲，高高在上而又避重就轻地写了一篇《祭欧阳文忠公文》，赞美欧阳修“器质之深厚、智识之高远”，其诗词文章则“浩如江河之停蓄”“烂如日星之光辉”“其清音幽韵，凄如飘风急雨之骤至；其雄辞闳辩，快如轻车骏马之奔驰”……总之，用了一大堆华丽的排比和比喻，来夸赞一代道德文章大家的风采。对欧阳修四十年的政治履历和功绩，却反而轻描淡写，只轻飘飘赞他一生虽仕途困踬，但“果敢之气，刚正之节，至晚而不衰”。自己“临风想望，不能忘情者，念公之不可复见而其谁与归”！

王安石此文，通篇溢美，够华丽，也够空洞。因为你就是找不到一点点他对这位昔日师友的感激、感动和感伤。而他才刚在一年多前咬牙切齿说的那句——“如此人，在一郡则坏一郡，在朝廷则坏朝廷”，人们还都音犹在耳。因此，对他的这篇悼文，怎么看都觉得不是滋味。

尤其是末尾那句：“念公之不可复见而其谁与归？”与欧阳文忠在《醉翁亭记》最后的那句空谷绝响——“微

斯人，吾谁与归？”两者无论情怀、心胸、境界，都似有着天壤之别。

王安石走了，司马光来了

据《宋人轶事汇编》——

> 王荆公、司马温公、吕申公、黄门韩公维，仁宗时同在从班，特相友善。暇日多会于僧坊，往往谈终日，他人罕得预，时目为嘉祐四友。

无论文坛还是政坛，司马光与王安石都属于北宋历史上的重量级人物。如果不是后来的变法之争，二人也很可能是一辈子的挚友。

司马光本来极是欣赏王安石。在他后来的一封《与王介甫书》中，曾有过这样一句极为热切的评价：“窃见介甫独负天下大名三十余年，才高而学富，难进而易退。远近之士，识与不识，咸谓介甫不起则已，起则太平立可致，生民咸被其泽。”司马光对小自己两岁的王安石可谓推崇备至。在王安石初行新法遭到众人围攻、弹劾时，司马光还极力替他开脱。御史中丞吕诲曾怀揣弹劾奏章，一口气罗列出王安石的十大罪状，指责他：“外示朴野，中藏巧诈，阴贼害物……误天下苍生，必斯人也！”司马光看了之后，对其激烈百思不得其解，认为此论着实冤枉了王安石。但随着新法弊端日显，尤其是眼见得青苗法导致民怨沸腾、民不聊生，他渐渐改变了主张，主动站到了变法派的对立面，也成了新法的反对者。他给王安石写信，以昔日挚友的身份，委婉批评他——

介甫固大贤，其失在于用心太厚，自信太过。

尽变更祖宗之法，先者后之，上者下之，右者左之，成者毁之……

司马光越来越发现，这场变法的本质，实则是让天下所有人都“兴利以聚”。而张口闭口谈钱，却是圣贤眼中的“鄙事”，属于“浅丈夫之谋”。

司马光见给王安石写信无果，又转而上疏皇帝，请求来个釜底抽薪，干脆罢除变法的核心机构——制置条例司，废除青苗法。他说自己所担忧的，还不是变法所导致的今日之乱象——

臣之所忧，乃在十年之外，非今日也……春算秋计，展转日滋，贫者既尽，富者亦贫。十年之外，百姓无复存者矣。

想象一下王安石看到这句话时的表情！

挚友至此交恶。

身处舆论旋涡的宋神宗身心俱疲，王安石推行新政的强势和听不得别人异议的固执，都使他这个天子寝食难安。有一天，散朝后，他单独把司马光留了下来，暗地里向他诉苦：“今天下汹汹者，孙叔敖所谓‘国之有是，众之所恶’也。”他对变法导致的人心背离感到忧心忡忡。司马光坦率表示：的确如此。或许感怀于君臣之间这种难得的真诚氛围，他忍不住多了一句嘴——

今条例司所为，独安石、韩绛、惠卿以为是耳，陛下岂能独与此三人共为天下邪?

这话实在尖刻、难听!

他是要警告皇帝不能只做三个人的皇帝。弦外之音：可不要做天下独夫啊!

此番谈话后，神宗下决心重用司马光，平衡舆论，弥补过失。

但这事瞒不过王安石。他跑到皇帝面前，猛烈攻讦司马光这位昔日好友——

外托劘上之名，内怀附下之实。所言尽害政之事，所与尽害政之人。

而皇帝倘若坚持重用司马光，则无异于“与异论者立赤帜也”。

一句话：一山不容二虎。有他没我，有我没他。

神宗无奈作罢。

这事的结果是司马光请求外放，去了洛阳，专心著述。

史书对这一时期的王安石是这么说的：

> 吕公著、韩维，安石藉以立声誉者也；欧阳修、文彦博，荐己者也；富弼、韩琦，用为侍从者也；司马光、范镇，交友之善者也，悉排斥不遗力。

王安石手中的权力越来越大，内心却越来越孤独。

朋友一个个离他而去。

唯一的儿子暴卒。

两个弟弟王安国、王安礼，也对变法引发的民间遽变感到忧虑，与兄长渐生嫌隙，日益疏离。

而表面贴他最紧的吕惠卿，却阳奉阴违，瞅准时机在他背后狠狠捅了一刀，踩着王安石的肉身攀登上了相位……

此时的神宗终于心力交瘁，不久便撒手人寰。新皇帝哲宗年幼，由神宗的母亲，即宣仁太皇太后垂帘听政。她早就对新法痛恨不已，因此，立即起用司马光为相，全面恢复祖宗之法。

司马光从洛阳进京的当日，京城的老百姓倾巢出动，夹道欢迎，道路拥堵到了连司马光的车马都行走不动的地步。很多人为了一睹司马真容，把屋顶都踩塌了。真可谓盛况空前！

老百姓不断大声欢呼：

公无归洛，留相天子，活百姓！

把他奉若天子和人民的大救星！这才刚进城呢，就生怕他再次掉头回洛阳。

王安石把司马光赶到了洛阳。洛阳 15 年，却真正滋养了司马光。

在那段时间，司马光精读了中国一千多年历史，成就了 300 万字的《资治通鉴》，展示了过硬的史家功底和政治气魄。而“鉴前世之兴衰”，是为了“考当今之得失”，他也由此被人们赋予了治史者必能治世的理想主义色彩，天下人无不视之为“真宰相”。据《宋史》记载：“田夫野老皆号为司马相公，妇人孺子亦知其为君实也。”

司马光字君实，民间也把他视为实实在在的君子。

宋人王辟之的《渑水燕谈录》也有：“司马文正高才全德，大得中外之望，士大夫识与不识，称之曰：君实。下至闾阎匹夫匹妇，莫不能道司马。”

苏东坡在《独乐园》里诗载其事：

先生独何事，四海望陶冶；儿童诵君实，走卒知司马。

一句话，司马君实成了众望所归。王安石则被弃如敝屣。

司马光主政后，在很短的时间内罢保甲团教、废市易法等，新法被逐一废除，变法派也遭到了清算。

后来的史家大多认为，北宋末期的新旧党争，其祸端正在于王安石与司马光的变守之争。围绕着祖宗之法的变与不变，人心一分为二，大小官员都被卷入这场旋涡中，仕途的得意、失意，皆与之息息相关。尤其是后来新党、旧党轮番执政，一方上台必对另一方大加责罚与迫害，新、旧两党都付出了惨重代价。人心惶惶，内耗严重，加剧了北宋内政的衰败，给虎视眈眈的外敌留下可乘之机，最终导致历史上最为惨烈的靖康之耻。

但把所有的后果都归结到二人身上，显然有失公允。王安石虽在执政时期说过一些狠话，但二人之争，总体上还是属于执政理念之争，并非私人恩怨。正如司马光所说："光与介甫，趣向虽殊，大归则同。"王安石也认为，他与司马光"议事每不合，所操之术多异故也"。二人旨归，却是高度一致的，都在于"辅世养民"。北宋末期内政外交上的乱象，和二人之争有着本质的不同。

二人甚至在性情、学问、做人等方面多有相似。如王安石是出了名的犟脾气，时人戏称"拗相公"。而司马光也因其缺乏变通、固执已见，被苏东坡背地里呼为"司马牛"；二人诗词学问都很了得，一个位列唐宋八大家，一个主持编纂了中国第一部编年通史；二人也都一生洁身自好，不贪图物质享受。据《邵氏见闻录》："荆公（王安石）、温公（司马光）不好声色，不爱官职，不殖货利皆同。"北宋士大夫蓄妓纳妾成风，生活奢靡讲究，两人却都是坚决不纳妾的少数派。北宋末年，为了集团利益不择手段互相倾轧的残酷党争，已然是另外一回事。

后人多激赏王安石晚年与苏轼两位旷世奇才在金陵的那场会晤，但王安石与司马光的分与合，也堪称传奇，足以诠释人性曾经抵达的高度。

对于他们之间的恩怨纷争，宋人冯澥就已经说得非常好了：“王安石、司马光，皆天下之大贤。其优劣等差，自有公论。”

当时，一个反对新法的官员死后，司马光曾在为其所作的墓志铭中对变法有所指摘。有人急忙密告王安石，王安石却不仅不怒，反而将这篇墓志铭挂到了墙上，赞赏道：“君实之文，西汉之文也。”

王安石变法失败，退居金陵，郁郁而逝。当时，反对变法的保守派已然掌权，人人都幸灾乐祸，甚至百般诬毁。司马光得知消息后，却在写给吕公著的信里表示：“介甫文章节义，过人处甚多……不幸介甫谢世，反复之徒必诋毁百端。光意以谓朝廷宜优加厚礼，以振起浮薄之风！”在司马光的推动下，王安石被追赠太傅，为正一品。

浮薄之风的背后，是人心的凉薄。司马君实却以其善意，保全了这位昔日好友今日政敌的尊严。此举充分展示了北宋文人惺惺相惜一心为公的磊落胸怀。

击倒王安石的最后一根稻草

如果说到北宋最著名的一幅画，很多人必定脱口而出：张择端的《清明上河图》。但北宋历史上的另一幅画，其影响和意义丝毫不亚于《清明上河图》。这就是神宗朝郑侠所绘的《流民图》。

二者皆为写实笔法，不同的是，《清明上河图》描摹了市井繁荣，而后者摹画的却是百业凋敝。两幅图，书写了两个不同的汴京，两个不同的北宋。

郑侠官不大，《宋史》上却有其传述，可见其影响不小。他在绘制这幅图时，却仅只是汴京安上门的监门，也就是一个把门的小吏。这样一个小人物，如何进得了史家的法眼？其《流民图》又描画了北宋的一幅什么光景呢？

自王安石写下《元日》这一豪迈诗篇之后，一转眼，已到了熙宁七年（1074）。五年过去了，当年“新桃换旧符”的政治美景，如今却已然被《流民图》里的一幅幅可怕的面容所取代——

> 时久旱，流民扶揣塞道，身无完衣，被锁械，犹负瓦揭木，卖以偿官……

“时久旱”，是指天气出现了异常。

这事非同小可。皇帝自视天子，对上天的意旨自然不能不在意。而旱涝雪雹地震彗星等等，在古代皆被视为上天对下界执政偏失的警告或惩戒。在后来的徽宗朝，史书上就不断出现“大雨雹”“日有食之”“诸路蝗”“荧惑入斗”“太白昼见”“白虹贯日”“慧出西方”以及干旱、地震、火灾等的记载，每次出现异象险情，皇帝们最常见的应对措施则为“避殿损膳，诏求直言阙失”，或是“虑囚”，又或“出宫女”几十、上百人不等，以求平息天怒人怨。而一旦星变灾情消失，皇帝们往往立即罢求直言，继续吃喝玩乐，搜罗天下美女。

但神宗不同于徽宗，他有志向，有血性，“思除历世之弊，务振非常之功”。他一生节俭，不治宫室，不事游幸，励精图治。因此，在他刚刚听到王安石的“三不足”理论时，立即便为其“矫世变俗”的大无畏精神所深深吸引。

所谓“三不足”，即“天变不足畏、祖宗不足法、人言不足恤”。

“三不足”掷地有声，极富煽动性，极大地激发出了年轻皇帝的好胜与自负。可是，变法在民间引发的心理地震，伴随着自然界的地动山摇，耳畔又每日充斥着大臣们声泪俱下不顾性命的劝阻力谏，神宗不能不将这些恼人的天象与自己改变祖宗之法的变革联系在一起。

这一年多来，首先是旱。从熙宁六年（1073）初秋，一直到第二年的三月，整整十个月的时间都滴雨未下，赤地千里，绝望的种田人，个个一脸的焦渴。庄稼颗粒无收，官府强贷的青苗钱却要一分不少到期归还，农人们简直快要发疯了。有不少人已经弃田逃走，成为流民，有家不敢回。官府来收青苗钱，没有逃走的农民无以还钱，酷吏便命他们将屋子拆掉，背负拆下的砖瓦和梁木，去官府以物抵债。怕路上逃走，又给他们身披一副沉重的枷锁。贫民如此，小康之家乃至富户，也都撑不下去了。史载："中户以下大抵乏食。"照此下去，司马光所谓"十年之外，百姓无复存者矣"将很快变成现实。

其次，这一年还发生了华州山崩。天崩地裂！多么严重的警示。看来天不祚宋，对于撼动了祖宗之法的赵宋，老天真地动怒了！老臣文彦博立即将矛头指向市易法，指责王安石新政"聚敛小臣希进妄作，侵渔贫下，玷累朝廷……"

郑侠作为监门小吏，每天站在城门旁，目睹穿着破衣烂衫的流民悲苦茫然地在城门进进出出，每天听到的都是不绝于耳的呜咽哭泣……民不聊生，令他不断反思变法的利弊。

王安石变法属于顶层设计，其初衷是为了"富国强兵"，是为了"民不加赋而国用饶"。但初衷归初衷，一个新法到底好不好，人心自有一杆秤，民间的喜怒哀乐是最直观的一面镜子。遍布京师的流民，让性情直爽的郑侠做出了一个常识性判断：一个好的新法，至少不会害得百姓质妻鬻子，流离失所。但朝中大臣言辞激烈的谏议皇上都不听，更何况他这个门头小吏！他想来想去，决意将自己所见所闻画下来。所谓“百闻不如一见”。他相信，朴实真切的画面胜过大臣们的千言万语。

此图根本不需要构思布局。那些每天从眼前晃过、一脸悲戚哀苦的百姓都自己跑到了郑侠的笔下。他很快画好了《流民图》。为了进一步加重分量，他还附了一份《论新法进流民图疏》，请求朝廷罢除新法，并言之铿锵：

如陛下行臣之言，十日不雨，即乞斩臣宣德门外，以正欺君之罪。

郑侠这话，未免赌注太大！

老天爷的事，谁能算得准？都十个月没下雨了，谁知道哪片云彩里有水滴？倘若真的十日之内不下雨，他可就死定了……这其实说明，小小郑侠已将个人生死置之度外。有宋一朝，无论官大官小，有此胆气的不乏其人。

郑侠这一招果然奏了效。史载——

神宗反复览图，长吁数四，袖以入内。是夕寝不能寐。

一幅《流民图》使朝廷内外炸了锅，看到这幅图的人无不掉眼泪，两宫太后也哭着咒骂：“安石乱天下！”神宗的心里翻江倒海，他第一次真的坐不住了。曾公亮、富弼、欧阳修、韩琦、范纯仁、唐介、赵抃、文彦博、曾巩、司马光、“三苏”……他们个个都是人物，几年来却不约而同跳出来反对新法。对这些，神宗都不以为意，一律视之为老派和保守，“人臣但能言道德，而不以功名之实，亦无补于事”。对于一个有政治抱负的天子而言，不能一切仅从空洞的道德层面出发，因此，他对于反对的声音一向不为所动，并将反对者一个个逐出了京师，为新法的推行扫除了障碍。但现在不一样了，皇帝深居简出，他听到和看到的只是国库进出的冰冷数据，却完全看不到民心坍塌的人间。这幅图却将一个残酷的现实直接搬到了自己眼前，只看一眼，就再也忘不掉。

他拿着《流民图》，颤抖着问王安石：怎么会这样？不是说好了“民不加赋而国用饶”的吗？为什么会有这么多的人家破人亡流落街头……王安石却从容应对：有什么可大惊小怪的！旱涝灾害是常有的事，不足为虑。他又一次拿出“三不足”的气概来予以驳斥。神宗这一次却大为反感。事实胜于雄辩，他第一次意识到：大旱，绝非小事——

> 朕所以恐惧者，正为人事之未修尔。今取免行钱太重，人情咨怨，至出不逊语。自近臣以至后族，无不言其害。两宫泣下，忧京师乱起，以为天旱更失人心。

第二天，神宗便毅然下令开封府发放免行钱，三司使查察市易法，司农发放常平仓粮，三卫上报熙河用兵之事，诸路上报人民流散原因，青苗、免役法暂停追索，方田、保甲法一起罢除……爱民心切的神宗，一口气发布了八条措施。紧接着，神宗又发布了《责躬诏》，求各方直言。

人间欢声雷动。

或许是这欢呼声真的惊扰到了上苍，根本没到郑侠所说的十日，在颁布一系列修正法令的当天，天上就下起了瓢泼大雨。据《宋史》——

> 是日果大雨，远近沾洽。

历史不是小说，却有着小说无可追及的传奇色彩。

郑侠反对新法，并非针对王安石。相反，他一直铭记王安石对他的知遇之恩。王安石在做江宁知府期间，因为爱郑侠之才，常常加以言辞勉励，甚至派自己的一个学生到清凉寺给郑侠做伴读。后来等郑侠考中了进士，又立即对他加以提携，使其能够在地方上任职，经受基层的锤炼。郑侠在河南光州任上时，亲历了王安石暴风骤雨般的新法颁布过程，他密切关注青苗、免役、保甲、市易诸法实施之后对百姓生活的巨大改变。但他很快由欣喜转为了忧虑——变法的意图是好的，但新法一层层向基层推进的过程中，几乎每一个中间环节都有投机钻营者的黑手，他们将新法的精神一次次扭曲和篡改，终使之荼毒百姓。任期满后，郑侠立即进京述职。他想赶紧把基层最真实的见闻报告给王安石。耿直的郑侠，将之视为报恩。

郑侠曾写有《和荆公何处难忘酒》一首：

> 何处难缄口？熙宁政失中。四方三面战，十室九家空。见佞眸如水，闻忠耳似聋。君门深万里，安得此言通？

这首诗和他后来画的《流民图》一样，写实，犀利。

郑侠是个坦率的人，他陈述了新法给民间造成的危害，希望王安石和神宗不要为佞人所惑，要多听听忠言，改弦更张，回头是岸。一开始，对郑侠的建议，王安石听了一些进去，对市易法造成的税收过重现象进行了微调，但总体上还是我行我素。郑侠不屈不挠，一次次跟他辩论，王安石终于火了，不再见他。虽然心情不爽，王安石对郑侠到底还是惜才，后来曾经想安排郑侠到修经局任职。但道不同不相为谋，郑侠拒绝了王安石的美意，在安上门做起了一个监门小吏。郑侠更愿意亲眼看着他所热爱的民间，而不愿做一个两耳不闻窗外事的富贵闲人。

郑侠的官虽小，却有很大的政治抱负，他参政议政的热情一直很高，忧患意识很强。王安石离职后，郑侠不满吕惠卿这个阴鸷小人窃据相位，再次上疏抨击。郑侠这回还是采用了图说方式。他依据唐朝的魏征、姚崇、宋璟、李林甫、卢杞等人的传记内容，画成了两幅图，一曰《正直君子社稷之臣图》，一曰《邪曲小人容悦之臣图》。他把得势骄狂的吕惠卿，比喻成奸臣李林甫之流。吕惠卿看到图谏后勃然大怒，以“谤讪”的罪名将郑侠驱逐出京城，编管汀州。在郑侠流放途中，吕惠卿又怕放虎归山，担心他往后再给自己惹什么乱子，便又将其追回，准备一锤定音，给郑侠判个死罪，彻底肃清他的影响力。吕惠卿这回却错误地估计了他在神宗心目中的分量。神宗听说后，一口否决了他的意图，认为郑侠忠诚可嘉，其言行并非为了个人私利。郑侠的人生结局是移徙英州。

郑侠的官职，简直就像一根稗草，微不足道。但他人如其名，以一身的侠气、硬气，成了击倒变法派的最后一根稻草，成了改变历史方向的大人物。

“三苏”与安石

“三苏”与王安石的关系，最有意思。

苏老泉一开始就瞧不上王介甫。不仅瞧不上，还要洋洋洒洒写一篇《辨奸论》，白纸黑字地表明态度——

> 今有人，口诵孔、老之言，身履夷、齐之行，收召好名之士、不得志之人，相与造作言语，私立名字，以为颜渊、孟轲复出，而阴贼险狠，与人异趣。是王衍、卢杞合而为一人也。其祸岂可胜言哉？
>
> 夫面垢不忘洗，衣垢不忘浣。此人之至情也。今也不然，衣臣虏之衣。食犬彘之食，囚首丧面，而谈诗书，此岂其情也哉？
>
> 凡事之不近人情者，鲜不为大奸慝，竖刁、易牙、开方是也。以盖世之名，而济其未形之患。虽有愿治之主，好贤之相，犹将举而用之。则其为天下患，必然而无疑者，非特二子之比也……

这篇小论文极为精悍劲道，虽然时隔千年，至今读来仍觉麻辣鲜香，气满意足。宋史专家邓广铭先生曾一论再论，证明《辨奸论》非苏洵之作。但即便是托伪之作，偏偏假以老泉之名广为传播，至少说明了一点，那就是苏洵对王安石横竖看不上，在当时已是广为人知的事实。

苏辙有才，曾经被王安石纳入其权力中枢。但随侍左右，贴身观察，使苏辙对介甫得出了“强狠傲诞”的印象，而后与之分道扬镳。苏辙又在其诗歌批评的经典论文《诗病五事》中，直言不讳，以“王介甫，小丈夫也”为论点，从王安石的《兼并》一诗，敏锐找寻到了他后来变法的早期思想萌芽，并据此对这场变法的本质进行了揭批。他认为王安石变法的缘起，是“不忍贫民而深疾富民”，因此，他推行“青苗法”，是夺取富裕阶层的利益。但事实上，从富人那里夺来的财富，却并没有使老百姓享受到改革的成果。不仅没享受到，就连贫民阶层本身也都成了被大力盘剥的重灾区——

民无贫富，两税之外，皆重出息十二。吏

缘为奸，至倍息，公私皆病矣。

然其徒世守其学，刻下媚上，谓之“享上”。有一不“享上”，皆废不用。至于今日，民遂大病。

因此，这场变法虽有着悲悯底层的初心，最后却演变成了打左灯走右道，走的是相反的“享上”路线，即把民间无论贫富之家的口袋全部掏空，用来讨好皇帝，制造国富的假象。苏辙由此得出结论——

源其祸出于此诗。盖昔之诗病，未有若此酷者也。

苏辙本来是论诗，却将诗意大幅度荡漾开来，以彼之矛对彼之盾，推导出一首诗所可能导致的严重后果。从这则诗论，可读出苏辙的政治气魄。

苏轼和苏洵、苏辙对王安石的态度又有区别。

苏轼一开始上书反对“新法”，认为“国家之所以存亡者，在道德之浅深，而不在乎强与弱。历数之长短者，在风俗之厚薄，而不在乎富与贵”，又说：“夫兴利以聚者，人臣之利也，非社稷之福。省费以养财者，社稷之福也，非人臣之利。”他是从更为深远的生活层面、民生视角，提出了和政治家王安石迥异的变革观点。王安石被迫退休后，司马光上台，将王安石新法逐一铲除，苏轼却又看不惯了，认为有的新法还是有可用之处的，不应该一刀切，反对司马光的一味固守。苏轼也为此两头不讨好，饱尝两派冷眼。

北宋政坛，屡有变法之争，朝堂上百官辩论激烈，在史书上时常可读到某人因一时气急背痈而亡的记载。苏轼却一般不动真气，他的化解之道也更为高超，这就是：戏谑。戏谑可不仅仅是耍嘴皮子功夫，它更能见出一个人的才力、气度和涵养。苏轼极为擅长此道，他与王安石的“智斗”，很多史书有载。

如《调谑编》——

东坡闻荆公《字说》成，戏曰：“以竹鞭马为笃，不知以竹鞭犬有何可笑？”又举“坡”字问荆公曰：“何义？”荆公曰：“坡者，土之

> 皮。”东坡曰：“然则滑亦水之骨乎？”荆公默然。荆公又问曰：“鸠字从九鸟亦有证乎？”东坡曰：“《诗》云：‘鸤鸠在桑，其子七兮’，和爷和娘，恰是九个。”荆公欣然而听，久之，始悟其谑也。

又如《北窗炙輠》——

> 荆公论扬雄投阁事，此史臣之妄耳。岂有扬子云而投阁者，又《剧秦美新》，亦后人诬子云耳。子云岂肯作此文。他日见东坡，遂论及此。东坡云：“某亦疑一事。”介甫曰：“疑何事？”东坡曰：“西汉果有扬子云（扬雄字子云）否？”闻者皆大笑。

苏轼博古通今，才气冠绝，王安石一般不是他的对手，遇到这种斗嘴皮子的事，总是败下阵来。

虽然关于二人此类意气之争的故事有很多，但他们不仅仅有政治上的交锋，也有生活中的交集。尤其是两人晚年，政治上已是落尽繁华，又都先后经历了丧子之痛，王苏之间更多地回归到了质朴的人性层面和文化属性，表现出大家之间特有的大度与从容。

最让后人追想不已的，是二人在金陵的那次历史性的会晤。

据《曲洧旧闻》——

> 东坡自黄徙汝，过金陵，荆公野服乘驴，谒于舟次，东坡不冠而迎，揖曰：“轼今日敢以野服见大丞相。”荆公笑曰：“礼岂为我辈设哉！”

王安石晚年，喜欢着一身粗布衣裳，骑驴而行。这次金陵会，史书寥寥数语，却几笔勾勒出了一个富有意境的江岸图，极富画面感。那一刻，两人已是一笑泯恩仇，放下了所有的是非恩怨。在金陵，二人携手游蒋山（也即今天的钟山）。

休憩时，王安石忍不住把自己近来的诗作拿给东坡一观。

其中就有《寄蔡氏女子》二首。

蔡氏女，即王安石的女儿之一。因嫁给了蔡卞[①]而谓之蔡氏。

其一为：

> 建业东郭，望城西堠。千嶂承宇，百泉绕溜。青遥遥兮缅属，绿宛宛兮横逗。积李兮缟夜，崇桃兮炫昼。兰馥兮众植，竹娟兮常茂。柳蔫绵兮含姿，松偃蹇兮献秀。鸟跂兮下上，鱼跳兮左右。顾我兮适我，有斑兮伏兽。感时物兮念汝，迟汝归兮携幼。

对于这首诗，东坡的评价极高，认为"'若积李兮缟夜，崇桃兮炫昼'，自屈宋没世，旷千余年，无复《离骚》句法，乃今见之。"

苏轼这里的口吻，已全然没有了往日对王安石"此老野狐精也"的调侃和戏谑，而是相当正经、隆重。他对这位昔日的政坛对手，不吝美词，给予了极高的文学史意义

① 王安石门生。北宋著名奸相蔡京之弟，著名书法家。

的好评。

对于东坡的由衷赞美，荆公自然真心笑纳。他说："非子瞻见谀，自负亦如此，然未尝为俗子道也。"并不是人家苏轼给我戴高帽啊，我自己也很自信自负，只不过我一向不喜欢向外人道罢了。他们太俗！

这番对话，其神情气息，宛在眼前。

和东坡聊天，以他的机敏和诙谐，一定极富谈吐的快感。王安石忍不住感叹——

不知更几百年，方有如此人物！

他情不自禁挽留苏轼：留下吧，哪里都别去了，就在金陵置办田舍，和我做邻居。

这一幕，简直像两个卿不离我我不离卿的天真孩童，一方急着要与另一方订立一生一世的约定。

只可惜，苏轼还是启程了。临走，留给王安石一首诗：

骑驴渺渺入荒陂，想见先生未病时。劝我

试求三亩宅，从公已觉十年迟。

两个世纪伟人，终于在人生的尽头处，握手言和。

这实在是中国历史上最美好的文人情事之一。

站在历史的维度上看，王安石变法“讲商贾之末利”，实则极具超前性，是继管仲、桑弘羊之后少有的经济学家和改革家。

隋唐以来的诗赋取士，也为宋初所沿袭，这使文人墨客晋身的机会大增，却使那些能够通经致用、臻于治平的人才常被埋没于草野，无法走进更深更高的政治殿堂。宋初范仲淹等人的庆历新政，已经意识到这种取士制度的弊端，在某种程度上遏制了社会上的浇薄浮华文风。但王安石时代，他所要面对的强敌，仍旧是传统诗赋取士制度下的产物，很多改革的反对者，每每以沿袭千年的传统经济观念来评价王安石“民不加赋而国用饶”的谬误与荒唐，认为这是绝不可能发生的事情。在当时的人们看来，一个社会的财富，是一个不变的定量，而所谓变法，无非就是把社会财富从一个口袋“变”到另一个口袋里。这个过程中，有人有得，必会有人有失。政府财政上去了，国库充盈，就必然意味着民间财富的被掠夺。

但王安石的根本思路是去触动大地主大商人的利益，试图对传统的社会经济结构和国家财政来源做一次破坏和重建。他是想要通过做“增量”，来实现其“民不加赋而国用饶”的战略构想。但在当时皇权统治的封建农业社会中，这一旷世治国理念注定不会有真正的知音，更无法得到真正的贯彻。更何况，王安石所用非人，手下的几个“得力”干将，皆有重大的道德瑕疵——如李定隐瞒母丧，不按照规制丁忧三年，照样每天出入朝廷，被道德君子纷纷斥为“非人”；吕惠卿则是个蛰伏在王安石身边的彻头彻尾的投机小人；而在后世享有盛誉的科学家、文学家沈括，虽满肚子学问，但偏偏人品不佳，表面和气，背地里阴损，喜欢向上打小报告，出卖朋友……因此，这场变法只能是惨淡收场。

后　记

可惜风流总闲却。王安石晚年常以此句回望、沉吟自己的一生，笔者也每以此句回望赵宋的文化星空。

王安石晚年居处，是金陵的半山园。离笔者的锁金村住处仅一条富贵山隧道之隔。每每由北而南，穿过那条幽深的隧道，眼前便觉豁然一亮。或许，回望历史，也必然要经由这样一条幽远深邃的时空隧道，而后，才能从恍惚走向豁然。

苏东坡突围

余秋雨

越是超时代的文化名人，往往越不能相容于他所处的具体时代。中国世俗社会的机制非常奇特，它一方面愿意播扬和哄传一位文化名人的声誉，利用他、榨取他、引诱他；另一方面从本质上却把他视为异类，迟早会排拒他、糟践他、毁坏他。

苏东坡突围

一

住在这远离闹市的半山居所里，安静是有了，但寂寞也来了，有时还来得很凶猛，特别在深更半夜。只得独个儿在屋子里转着圈，拉下窗帘，隔开窗外壁立的悬崖和翻卷的海潮，眼睛时不时地瞟着床边那乳白色的电话。它竟响了，急忙冲过去，是台北《中国时报》社打来的，一位不相识的女记者，说我的《文化苦旅》一书在台湾销售情况很好，因此要作越洋电话采访。问了我许多问题，出身、经历、爱好，无一遗漏。最后一个问题是："在中国文化史上，您最喜欢哪一位文学家？"我回答：苏东坡。她又问："他的作品中，您最喜欢哪几篇？"我回答：在黄州写赤壁的那几篇。记者小姐几乎没有停顿就接口道："您是说

《念奴娇·赤壁怀古》和前、后《赤壁赋》？”我说对，心里立即为苏东坡高兴，他的作品是中国文人的通用电码，一点就着，哪怕是半山深夜、海峡阻隔、素昧平生。

放下电话，我脑子中立即出现了黄州赤壁。去年夏天刚去过，印象还很深刻。记得去那儿之前，武汉的一些朋友纷纷来劝阻，理由是著名的赤壁之战并不是在那里打的，苏东坡怀古怀错了地方，现在我们再跑去认真凭吊，说得好听一点是将错就错，说得难听一点是错上加错，天那么热，路那么远，何苦呢？

我知道多数历史学家不相信那里是真的打赤壁之战的地方，他们大多说是在嘉鱼县打的。但最近几年，湖北省的几位中青年历史学家持相反意见，认为苏东坡怀古没怀错地方，黄州赤壁正是当时大战的主战场。对于这个争论我一直兴致勃勃地关心着，不管争论前景如何，黄州我还是想去看看的，不是从历史的角度看古战场的遗址，而是从艺术的角度看苏东坡的情怀。大艺术家即便错，也会错出魅力来。好像王尔德说过，在艺术中只有美丑而无所谓对错。

于是我还是去了。

这便是黄州赤壁。赭红色的陡峭石坡直逼着浩荡东去的大江，坡上有险道可以攀登俯瞰，江面有小船可供荡桨仰望，地方不大，但一俯一仰之间就有了气势，有了伟大与渺小的比照，有了视觉空间的变异和倒错，因此也就有了游观和冥思的价值。客观景物只提供一种审美可能，而不同的游人才使这种可能获得不同程度的实现。苏东坡以自己的精神力量给黄州的自然景物注入了意味，而正是这种意味，使无生命的自然形式变成美。因此不妨说，苏东坡不仅是黄州自然美的发现者，而且也是黄州自然美的确定者和构建者。

但是，事情的复杂性在于，自然美也可倒过来对人进行确定和构建。苏东坡成全了黄州，黄州也成全了苏东坡，这实在是一种相辅相成的有趣关系。苏东坡写于黄州的那些杰作，既宣告着黄州进入了一个新的美学等级，也宣告着苏东坡进入了一个新的人生阶段，两方面一起提升，谁也离不开谁。

苏东坡走过的地方很多，其中不少地方远比黄州美丽，为什么一个僻远的黄州还能给他如此巨大的惊喜和震动呢？他为什么能把如此深厚的历史意味和人生意味投注给黄州呢？黄州为什么能够成为他一生中最重要的人生驿站呢？这一切，决定于他来黄州的原因和心态。他从监狱里走来，他带着一个极小的官职，实际上以一个流放罪犯的身份走来，他带着官场和文坛泼给他的浑身脏水走来，他满心侥幸又满心绝望地走来。他被人押着，远离自己的家眷，没有资格选择黄州之外的任何一个地方，朝着这个当时还很荒凉的小镇走来。

他很疲倦，他很狼狈，出汴梁、过河南、渡淮河、进湖北、抵黄州，萧条的黄州没有给他预备任何住所，他只得在一所寺庙中住下。他擦一把脸，喘一口气，四周一片静寂，连一个朋友也没有，他闭上眼睛摇了摇头。他不知道，此时此刻，他完成了一次永载史册的文化突围。黄州，注定要与这位伤痕累累的突围者进行一场继往开来的壮丽对话。

二

人们有时也许会傻想，像苏东坡这样让中国人共享千年的大文豪，应该是他所处的时代的无上骄傲，他周围的人一定会小心地珍惜他，虔诚地仰望他，总不愿意去找他的麻烦吧？事实恰恰相反，越是超时代的文化名人，往往越不能相容于他所处的具体时代。中国世俗社会的机制非常奇特，它一方面愿意播扬和轰传一位文化名人的声誉，利用他、榨取他、引诱他；另一方面从本质上却把他视为异类，迟早会排拒他、糟践他、毁坏他。起哄式的传扬，转化为起哄式的贬损，两种起哄都起源于自卑而狡黠的觊觎心态，两种起哄都与健康的文化氛围南辕北辙。

苏东坡到黄州来之前正陷于一个被文学史家称为“乌台诗狱”的案件中，这个案件的具体内容是特殊的，但集中反映了文化名人在中国社会的普遍遭遇，很值得说一说。搞清了这个案件中各种人的面目，才能理解苏东坡到黄州来究竟是突破了一个什么样的包围圈。

为了不使读者把注意力耗费在案件的具体内容上，我们不妨先把案件的底交代出来。即便站在朝廷的立场上，这也完全是一个莫须有的可笑事件。一群大大小小的文化官僚硬说苏东坡在很多诗中流露了对政府的不满和不敬，方法是对他诗中的词句和意象作上纲上线的推断和诠释，搞了半天连神宗皇帝也不太相信，在将信将疑之间几乎不得已地判了苏东坡的罪。在中国古代的皇帝中，宋神宗绝对是不算坏的，在他内心并没有迫害苏东坡的任何企图，他深知苏东坡的才华，他的祖母光献太皇太后甚至竭力要保护苏东坡，而他又是非常尊重祖母意见的，在这种情况下，苏东坡不是非常安全吗？然而，完全不以神宗皇帝和太皇太后的意志为转移，名震九州、官居太守的苏东坡还是下了大狱。这一股强大而邪恶的力量，就很值得研究了。

这件事说来话长。在专制制度下的统治者也常常会摆出一种重视舆论的姿态，有时甚至还设立专门在各级官员中找岔子、寻毛病的所谓谏官，充当朝廷的耳目和喉舌。乍一看这是一件好事，但实际上弊端甚多。这些具有舆论形象的谏官所说的话，别人无法声辩，也不存在调查机制和仲裁机制，一切都要赖仗于他们的私人品质，但对私人品质的考察机制同样也不具备，因而所谓舆论云云常常成为一种歪曲事实、颠倒是非的社会灾难。这就像现代的报纸如果缺乏足够的职业道德又没有相应的法规制约，信马由缰，随意褒贬，受伤害者无处可以说话，不知情者却误以为白纸黑字是舆论所在，这将会给人们带来多大的混乱！苏东坡早就看出这个问题的严重性，认为这种不受任何制约的所谓舆论和批评，足以改变朝廷决策者的心态，又具有很大的政治杀伤力（“言及乘舆，则天子改容，事关廊庙，则宰相待罪”），必须予以警惕，但神宗皇帝由于自身地位的不同无法意识到这一点。没想到，正是苏东坡自己尝到了他预言过的苦果，而神宗皇帝为了维护自己尊重舆论的形象，当批评苏东坡的言论几乎不约而同地聚合在一起时，他也不能为苏东坡讲什么话了。

那么，批评苏东坡的言论为什么会不约而同地聚合在一起呢？我想最简要的回答是他弟弟苏辙说的那句话：“东坡何罪？独以名太高。”他太出色、太响亮，能把四周的笔墨比得十分寒碜，能把同代的文人比得有点狼狈，引起一部分人酸溜溜的嫉恨，然后你一拳我一脚地糟践，几乎是不可避免的。在这场可耻的围攻中，一些品格低劣的文人充当了急先锋。

例如舒亶。这人可称之为“检举揭发专业户”，在揭发苏东坡的同时他还揭发了另一个人，那人正是以前推荐他做官的大恩人。这位大恩人给他写了一封信，拿了女婿的课业请他提意见、辅导，这本是朋友间非常正常的小事往来，没想到他竟然忘恩负义地给皇帝写了一封莫名其妙的检举揭发信，说我们两人都是官员，我又在舆论领域，他让我辅导他女婿总不大妥当。皇帝看了他的检举揭发，也就降了那个人的职。这简直是东郭先生和狼的故事。就是这么一个让人恶心的人，与何正臣等人相呼应，写文章告诉皇帝，苏东坡到湖州上任后写给皇帝的感谢信中“有讥切时事之言”。苏东坡的这封感谢信皇帝早已看过，没发现问题，舒亶却苦口婆心地一款一款分析给皇帝听，苏东坡正在反您呢，反得可凶呢，而且已经反到了“流俗翕然，争相传诵，忠义之士，无不愤惋”的程度！“愤”是愤苏东坡，“惋”是惋皇上。有多少忠义之士在“愤惋”呢？他说是“无不”，也就是百分之百，无一遗漏。这种数量统计完全无法验证，却能使注重社会名声的神宗皇帝心头一咯噔。

又如李定。这是一个曾因母丧之后不服孝而引起人们唾骂的高官，对苏东坡的攻击最凶。他归纳了苏东坡的许多罪名，但我仔细鉴别后发现，他特别关注的是苏东坡早年的贫寒出身、现今在文化界的地位和社会名声。这些都不能列入犯罪的范畴，但他似乎压抑不住地对这几点表示出最大的愤慨。说苏东坡“起于草野垢贱之余”，“初无学术，滥得时名”，“所为文辞，虽不中理，亦足以鼓动流俗”，等等。苏东坡的出身引起他的不服且不去说它，硬说苏东坡不学无术、文辞不好，实在使我惊讶不已。但他不这么说也就无法断言苏东坡的社会名声和世俗鼓动力是“滥得”。总而言之，李定的攻击在种种表层动机下显然埋藏着一个最深秘的原素：妒忌。无论如何，诋毁苏东坡的学问和文采毕竟是太愚蠢了，这在当时加不了苏东坡的罪，而在以后却成了千年笑柄。但是妒忌一深就会失控，他只会找自己最痛恨的部位来攻击，已顾不得哪怕是装装样子的可信性和合理性了。

又如王圭。这是一个跋扈和虚伪的老人。他凭着资格和地位自认为文章天下第一，实际上他写诗作文绕来绕去都离不开“金玉锦绣”这些字眼，大家暗暗掩口而笑，他还自我感觉良好。现在，一个后起之秀苏东坡名震文坛，他当然要想尽一切办法来对付。有一次他对皇帝说："苏东坡对皇上确实有二心。"皇帝问："何以见得？"他举出苏东坡一首写桧树的诗中有"蛰龙"二字为证，皇帝不解，说："诗人写桧树，和我有什么关系？"他说："写到了龙还不是写皇帝吗？"皇帝倒是头脑清醒，反驳道："未必，人家叫诸葛亮还叫卧龙呢！"这个王圭用心如此低下，文章能好到哪儿去呢？更不必说与苏东坡来较量了。几缕白发有时能够冒充师长、掩饰邪恶，却欺骗不了历史。历史最终也没有因为年龄把他的名字排列在苏东坡的前面。

又如李宜之。这又是另一种特例，做着一个芝麻绿豆小官，在安徽灵璧县听说苏东坡以前为当地一个园林写的一篇园记中有劝人不必热衷于做官的词句，竟也写信给皇帝检举揭发，并分析说这种思想会使人们缺少进取心，也会影响取士。看来这位李宜之除了心术不正之外，智力也大成问题，你看他连诬陷的口子都找得不伦不类。但是，在没有理性法庭的情况下，再愚蠢的指控也能成立，因此对散落全国各地的李宜之们构成了一个鼓励。为什么档次这样低下的人也会挤进来围攻苏东坡？当代苏东坡研究者李一冰先生说得很好："他也来插他从监狱里走来，他带着一个极小的官职，实际上以一个流放罪犯的身份走来，他带着官场和文坛泼给他的浑身脏水走来，他满心侥幸又满心绝望地走来。他被人押着，远离自己的家眷，没有资格选择黄州之外的任何一个地方，朝着这个当时还很荒凉的小镇走来。

上一手，无他，一个默默无闻的小官，若能参加一件扳倒名人的大事，足使自己增重。”从某种意义上说，他的这种目的确实也部分地达到了，例如我今天写这篇文章竟然还会写到李宜之这个名字，便完全是因为他参与了对苏东坡的围攻，否则他没有任何理由被哪怕是同一时代的人写在印刷品里。我的一些青年朋友根据他们对当今世俗心理的多方位体察，觉得李宜之这样的人未必是为了留名于历史，而是出于一种可称作“砸窗子”的恶作剧心理。晚上，一群孩子站在一座大楼前指指点点，看谁家的窗子亮就捡一块石子扔过去，谈不上什么目的，只图在几个小朋友中间出点风头而已。我觉得我的青年朋友们把李宜之看得过于现代派、也过于城市化了。李宜之的行为主要出于一种政治投机，听说苏东坡有点麻烦，就把麻烦闹得大一点，反正对内不会负道义责任，对外不会负法律责任，乐得投井下石，撑顺风船。这样的人倒是没有胆量像李定、舒亶和王王圭那样首先向一位文化名人发难，说不定前两天还在到处吹嘘在什么地方有幸见过苏东坡、硬把苏东坡说成是自己的朋友甚至老师呢。

又如——我真不想写出这个名字，但再一想又没有讳避的理由，还是写出来吧：沈括。这位在中国古代科技史上占有不小地位的著名科学家也因忌妒而陷害过苏东坡，用的手法仍然是检举揭发苏东坡诗中有讥讽政府的倾向。如果他与苏东坡是政敌，那倒也罢了，问题是他们曾是好朋友，他所检举揭发的诗句，正是苏东坡与他分别时手录近作送给他留作纪念的。这实在太不是味道了。历史学家们分析，这大概与皇帝在沈括面前说过苏东坡的好话有关，沈括心中产生了一种默默的对比，不想让苏东坡的文化地位高于自己。另一种可能是他深知王安石与苏东坡政见不同，他投注投到了王安石一边。但王安石毕竟也是一个讲究人品的文化大师，重视过沈括，但最终却得出这是一个不可亲近的小人的结论。当然，在人格人品上的不可亲近，并不影响我们对沈括科学成就的肯定。

围攻者还有一些，我想举出这几个也就差不多了，苏东坡突然陷入困境的原因已经可以大致看清，我们也领略了一组有可能超越时空的“文化群小”的典型。他们中的任何一个人要单独搞倒苏东坡都是很难的，但是在社会上没有一种强大的反诽谤、反诬陷机制的情况下，一个人探头探脑的冒险会很容易地招来一堆凑热闹的人，于是七嘴八舌地组合成一种伪舆论，结果连神宗皇帝也对苏东坡疑惑起来，下旨说查查清楚，而去查的正是李定这些人。

苏东坡开始很不在意。有人偷偷告诉他，他的诗被检举揭发了，他先是一怔，后来还潇洒、幽默地说：“今后我的诗不愁皇帝看不到了。”但事态的发展却越来越不潇洒，1079 年 7 月 28 日，朝廷派人到湖州的州衙来逮捕苏东坡，苏东坡事先得知风声，立即不知所措。文人终究是文人，他完全不知道自己犯了什么罪，从气势汹汹的样子看，估计会处死，他害怕了，躲在后屋里不敢出来，朋友说躲着不是办法，人家已在前面等着了，要躲也躲不过。正要出来他又犹豫了，出来该穿什么服装呢？已经犯了罪，还能穿官服吗？朋友说，什么罪还不知道，还是穿官服吧。苏东坡终于穿着官服出来了，朝廷派来的差官装模作样地半天不说话，故意要演一个压得人气都透不过来的场面出来。苏东坡越来越慌张，说：“我大概把朝廷惹恼了，看来总得死，请允许我回家与家人告别。”差官说“还不至于这样”，便叫两个差人用绳子捆扎了苏东坡，像驱赶鸡犬一样上路了。家人赶来，号啕大哭，湖州城的市民也在路边流泪。

长途押解，犹如一路示众，可惜当时几乎没有什么传播媒介，沿途百姓不认识这就是苏东坡。贫瘠而愚昧的国土上，绳子捆扎着一个世界级的伟大诗人，一步步行进。苏东坡在示众，整个民族在丢人。

全部遭遇还不知道半点起因，苏东坡只怕株连亲朋好友，在途经太湖和长江时都想投水自杀，由于看守严密而未成。当然也很可能成，那么，江湖淹没的将是一大截特别明丽的中华文明。文明的脆弱性就在这里，一步之差就会全盘改易，而把文明的代表者逼到这一步之差境地的则是一群小人。一群小人能做成如此大事，只能归功于中国的独特国情。

小人牵着大师，大师牵着历史。小人顺手把绳索重重一抖，于是大师和历史全都成了罪孽的化身。一部中国文化史，有很长时间一直捆押在被告席上，而法官和原告，大多是一群群挤眉弄眼的小人。

究竟是什么罪？审起来看！

怎么审？打！

一位官员曾关在同一监狱里，与苏东坡的牢房只有一墙之隔，他写诗道：

遥怜北户吴兴守，诟辱通宵不忍闻。

通宵侮辱、摧残到了其他犯人也听不下去的地步，而侮辱、摧残的对象竟然就是苏东坡！

请允许我在这里把笔停一下。我相信一切文化良知都会在这里战栗。中国几千年间有几个像苏东坡那样可爱、高贵而有魅力的人呢？但可爱、高贵、魅力之类往往既构不成社会号召力也构不成自我卫护力，真正厉害的是邪恶、低贱、粗暴，它们几乎战无不胜、攻无不克、所向无敌。现在，苏东坡被它们抓在手里搓捏着，越是可爱、高贵、有魅力，搓捏得越起劲。温和柔雅如林间清风、深谷白云的大文豪面对这彻底陌生的语言系统和行为系统，不可能作任何像样的辩驳，他一定变得非常笨拙，无法调动起码的言语，无法完成简单的逻辑。他在牢房里的应对，绝对比不过一个普通的盗贼。因此审问者们愤怒了也高兴了，原来这么个大名人竟是草包一个，你平日的滔滔文辞被狗吃掉了？看你这副熊样还能写诗作词？纯粹是抄人家的吧？接着就是轮番扑打，诗人用纯银般的嗓子哀号着，哀号到嘶哑。这本是一个只需要哀号的地方，你写那么美丽的诗就已荒唐透顶了，还不该打？打，打得你淡妆浓抹，打得你乘风归去，打得你密州出猎！

开始，苏东坡还试图拿点儿正常逻辑顶几句嘴，审问者咬定他的诗里有讥讽朝廷的意思，他说："我不敢有此心，不知什么人有此心，造出这种意思来。"一切诬陷者都喜欢把自己打扮成某种"险恶用心"的发现者，苏东坡指出，他们不是发现者而是制造者。那也就是说，诬陷者所推断出来的"险恶用心"，可以看作是他们自己的内心，因此应该由他们自己来承担。我想一切遭受诬陷的人都会或迟或早想到这个简单的道理，如果这个道理能在中国普及，诬陷的事情一定会大大减少。但是，在牢房里，苏东坡的这一思路招来了更凶猛的侮辱和折磨，当诬陷者和办案人完全合成一体、串成一气时，只能这样。终于，苏东坡经受不住了，经受不住日复一日、通宵达旦的连续逼供，他想闭闭眼，喘口气，唯一的办法就是承认。于是，他以前的诗中有“道旁苦李”，是在说自己不被朝廷重视；诗中有“小人”字样，是讽刺当朝大人；特别是苏东坡在杭州做太守时兴冲冲去看钱塘潮，回来写了咏弄潮儿的诗“吴儿生长狎涛渊”，据说竟是在影射皇帝兴修水利！这种大胆联想，连苏东坡这位浪漫诗人都觉得实在不容易跳跃过去，因此在承认时还不容易“一步到位”，审问者有本事耗时间一点点逼过去。案卷记录上经常出现的句子是：“逐次隐讳，不说情实，再勘方招。”苏东坡全招了，同时他也就知道必死无疑了。试想，把皇帝说成“吴儿”，把兴修水利说成玩水，而且在看钱塘潮时竟一心想着写反诗，那还能活？

他一心想着死。他觉得连累了家人，对不起老妻，又特别想念弟弟。他请一位善良的狱卒带了两首诗给苏辙，其中有这样的句子：“是处青山可埋骨，他时夜雨独伤神，与君世世为兄弟，又结来生未了因。”埋骨的地点，他希望是杭州西湖。

不是别的，是诗句，把他推上了死路。我不知道那些天他在铁窗里是否抱怨甚至痛恨诗文。没想到，就在这时，隐隐约约地，一种散落四处的文化良知开始汇集起来了，他的诗文竟然在这危难时分产生了正面回应，他的读者们慢慢抬起了头，要说几句对得起自己内心的话了。很多人不敢说，但毕竟还有勇敢者；他的朋友大多躲避，但毕竟还有侠义人。

杭州的父老百姓想起他在当地做官时的种种美好行迹，在他入狱后公开做了解厄道场，求告神明保佑他；狱卒梁成知道他是大文豪，在审问人员离开时尽力照顾生活，连每天晚上的洗脚热水都准备了；他在朝中的朋友范镇、张方平不怕受到牵连，写信给皇帝，说他在文学上“实天下之奇才”，希望宽大；他的政敌王安石的弟弟王安礼也仗义执言，对皇帝说：“自古大度之君，不以言语罪人”，如果严厉处罚了苏东坡，“恐后世谓陛下不能容才”。最有趣的是那位我们上文提到过的太皇太后，她病得奄奄一息，神宗皇帝想大赦犯人来为她求寿，她竟说：“用不着去赦免天下的凶犯，放了苏东坡一人就够了！”最直截了当的是当朝左相吴充，有次他与皇帝谈起曹操，皇帝对曹操评价不高，吴充立即接口说：“曹操猜忌心那么重还容得下祢衡，陛下怎么容不下一个苏东坡呢？”

对这些人，不管是狱卒还是太后，我们都要深深感谢。他们比研究者们更懂得苏东坡的价值，就连那盆洗脚水也充满了文化的热度。

据王巩《甲申杂记》记载，那个带头诬陷、调查、审问苏东坡的李定，整日得意扬扬，有一天与满朝官员一起在崇政殿的殿门外等候早朝时向大家叙述审问苏东坡的情况，他说：“苏东坡真是奇才，一二十年前的诗文，审问起来都记得清清楚楚！”他以为，对这么一个轰传朝野的著名大案，一定会有不少官员感兴趣，但奇怪的是，他说了这番引逗别人提问的话之后，没有一个人搭腔，没有一个人提问，崇政殿外一片静默。他有点慌神，故作感慨状，叹息几声，回应他的仍是一片静默。这静默算不得抗争，也算不得舆论，但着实透着点儿高贵。相比之下，历来许多诬陷者周围常常会出现一些不负责任的热闹，以嘈杂助长了诬陷。

就在这种情势下，皇帝释放了苏东坡，贬谪黄州。黄州对苏东坡的重要性，不言而喻。

三

我非常喜欢读林语堂先生的《苏东坡传》，前后读过多少遍都记不清了，但每次总觉得语堂先生把苏东坡在黄州的境遇和心态写得太理想了。语堂先生酷爱苏东坡的黄州诗文，因此由诗文渲染开去，由酷爱渲染开去，渲染得通体风雅、圣洁。其实，就我所知，苏东坡在黄州还是很凄苦的，优美的诗文，是对凄苦的挣扎和超越。

苏东坡在黄州的生活状态，已被他自己写给李端叔的一封信描述得非常清楚。信中说：

得罪以来，深自闭塞，扁舟草履，放浪山水间，与樵渔杂处，往往为醉人所推骂，辄自喜渐不为人识。平生亲友，无一字见及，有书与之亦不答，自幸庶几免矣。

我初读这段话时十分震动，因为谁都知道苏东坡这个乐呵呵的大名人是有很多很多朋友的。日复一日的应酬，连篇累牍的唱和，几乎成了他生活的基本内容，他一半是为朋友们活着。但是，一旦出事，朋友们不仅不来信，而且也不回信了。他们都知道苏东坡是被冤屈的，现在事情大体已经过去，却仍然不愿意写一两句哪怕是问候起居的安慰话。苏东坡那一封封用美妙绝伦、光照中国书法史的笔墨写成的信，千辛万苦地从黄州带出去，却换不回一丁点儿友谊的信息。我相信这些朋友都不是坏人，但正因为不是坏人，更让我深长地叹息。总而言之，原来的世界已在身边轰然消失，于是一代名人也就混迹于樵夫渔民间不被人认识。本来这很可能换来轻松，但他又觉得远处仍有无数双眼睛注视着自己，他暂时还感觉不到这个世界对自己的诗文仍有极温暖的回应，只能在寂寞中惶恐。即便这封无关宏旨的信，他也特别注明不要给别人看。日常生活，在家人接来之前，大多是白天睡觉，晚上一个人出去溜达，见到淡淡的土酒也喝一杯，但绝不喝多，怕醉后失言。

他真的害怕了吗？也是也不是。他怕的是麻烦，而绝不怕大义凛然地为道义、为百姓，甚至为朝廷、为皇帝捐躯。他经过“乌台诗案”已经明白，一个人蒙受了诬陷即便是死也死不出一个道理来，你找不到慷慨陈词的目标，你抓不住从容赴死的理由。你想做个义无反顾的英雄，不知怎么一来把你打扮成了小丑；你想做个坚贞不屈的烈士，闹来闹去却成了一个深深忏悔的俘虏。无法洗刷，无处辩解，更不知如何来提出自己的抗议，发表自己的宣言。这确实很接近有的学者提出的“酱缸文化”，一旦跳在里边，怎么也抹不干净。苏东坡怕的是这个，没有哪个高品位的文化人会不怕。但他的内心实在仍有无畏的一面，或者说灾难使他更无畏了。他给李常的信中说：

吾侪虽老且穷，而道理贯心肝，忠义填骨髓，直须谈笑于死生之际。……虽怀坎凛于时，遇事有可遵主泽民者，便忘躯为之，祸福得丧，付与造物。

这么真诚的勇敢，这么洒脱的情怀，出自天真了大半辈子的苏东坡笔下，是完全可以相信的，但是，让他在何处做这篇人生道义的大文章呢？没有地方，没有机会，没有观看者也没有裁决者，只有一个把是非曲直忠奸善恶染成一色的大酱缸。于是，苏东坡刚刚写了上面这几句，支颐一想，又立即加一句：此信看后烧毁。

这是一种真正精神上的孤独无告，对于一个文化人，没有比这更痛苦的了。那阕著名的“卜算子”，用极美的意境道尽了这种精神遭遇：

缺月挂疏桐，漏断人初静。谁见幽人独往来？缥缈孤鸿影。

惊起却回头，有恨无人省。拣尽寒枝不肯栖，寂寞沙洲冷。

正是这种难言的孤独，使他彻底洗去了人生的喧闹，去寻找无言的山水，去寻找远逝的古人。在无法对话的地方寻找对话，于是对话也一定会变得异乎寻常。像苏东坡这样的灵魂竟然寂然无声，那么，迟早总会突然冒出一种宏大的奇迹，让这个世界大吃一惊。

然而，现在他即便写诗作文，也不会追求社会轰动了。他在寂寞中反省过去，觉得自己以前最大的毛病是才华外露，缺少自知之明。一段树木靠着瘿瘤取悦于人，一块石头靠着晕纹取悦于人，其实能拿来取悦于人的地方恰恰正是它们的毛病所在，它们的正当用途绝不在这里。我苏东坡三十余年来想博得别人叫好的地方也大多是我的弱项所在，例如从小为考科举学写政论、策论，后来更是津津乐道于考论历史是非、直言陈谏曲直，做了官以为自己真的很懂得这一套了，扬扬自得地炫耀，其实我又何尝懂呢？直到一下子面临死亡才知道，我是在炫耀无知。三十多年来最大的弊病就在这里。现在终于明白了，到黄州的我是觉悟了的我，与以前的苏东坡是两个人。（参见《李端叔书》）

苏东坡的这种自省，不是一种走向乖巧的心理调整，而是一种极其诚恳的自我剖析，目的是想找回一个真正的自己。他在无情地剥除自己身上每一点异己的成分，哪怕这些成分曾为他带来过官职、荣誉和名声。他渐渐回归于清纯和空灵，在这一过程中，佛教帮了他大忙，使他习惯于淡泊和静定。艰苦的物质生活，又使他不得不亲自垦荒种地，体味着自然和生命的原始意味。

这一切，使苏东坡经历了一次整体意义上的脱胎换骨，也使他的艺术才情获得了一次蒸馏和升华，他，真正地成熟了——与古往今来许多大家一样，成熟于一场灾难之后，成熟于灭寂后的再生，成熟于穷乡僻壤，成熟于几乎没有人在他身边的时刻。幸好，他还不年老，他在黄州期间，是四十四岁至四十八岁，对一个男人来说，正是最重要的年月，今后还大有可为。中国历史上，许多人觉悟在过于苍老的暮年，换言之，成熟在过了季节的年岁，刚要享用成熟所带来的恩惠，脚步却已踉跄蹒跚；与他们相比，苏东坡真是好命。

成熟是一种明亮而不刺眼的光辉，一种圆润而不逆耳的音响，一种不再需要对别人察言观色的从容，一种终于停止向周围申诉求告的大气，一种不理会哄闹的微笑，一种洗刷了偏激的淡漠，一种无须声张的厚实，一种并不陡峭的高度。勃郁的豪情发过了酵，尖利的山风收住了劲，湍急的细流汇成了湖，结果——

引导千古杰作的前奏已经鸣响，一道神秘的天光射向黄州，《念奴娇·赤壁怀古》和前、后《赤壁赋》马上就要产生。

辛弃疾：把栏杆拍遍

梁　衡

他这个书生，这个工作狂，实在太过了，“过则成灾”，终于惹来了许多的诽谤，甚至说他独裁、犯上。皇帝对他也就时用时弃。国有危难时招来用几天，朝有谤言，又弃而闲几年，这就是他的基本生活节奏，也是他一生最大的悲剧。

中国历史上由行伍出身，以武起事，而最终以文为业，成为大诗词作家的只有一人，这就是辛弃疾。这也注定了他的词及他这个人在文人中的唯一性和在历史上的独特地位。

在我看到的资料里，辛弃疾至少是快刀利剑地杀过几次人的。他天生孔武高大，从小苦修剑法。他又生于金宋乱世，不满金人的侵略蹂躏，22 岁时他就拉起了一支数千人的义军，后又与耿京为首的义军合并，并兼任书记长，掌管印信。一次义军中出了叛徒，将印信偷走，准备投金。辛弃疾手提利剑单人独马追贼两日，第三天提回一颗人头。为了光复大业，他又说服耿京南归，南下临安亲自联络。不想就这几天之内又变生肘腋，当他完成任务返回时，部将叛变，耿京被杀。辛大怒，跃马横刀，只率数骑突入敌营生擒叛将，又奔突千里，将其押解至临安正法，并率万人南下归宋。说来，他干这场壮举时还只是一个英雄少年，正血气方刚，欲为朝廷痛杀贼寇，收复失地。

但世上的事并不能心想事成。南归之后，他手里立即失去了钢刀利剑，就只剩下一支羊毫软笔，他也再没有机会奔走沙场，血溅战袍，而只能笔走龙蛇，泪洒宣纸，为历史留下一声声悲壮的呼喊、遗憾的叹息和无奈的自嘲。

应该说，辛弃疾的词不是用笔写成，而是用刀和剑刻成的。他是以一个沙场英雄和爱国将军的形象留存在历史上和自己的诗词中。时隔千年，当今天我们重读他的作品时，仍感到一种凛然杀气和磅礴之势。比如这首著名的《破阵子》：

醉里挑灯看剑，梦回吹角连营，八百里分麾下炙，五十弦翻塞外声。沙场秋点兵。

马作的卢飞快，弓如霹雳弦惊。了却君王天下事，赢得身前身后名。可怜白发生。

我敢大胆说一句，这首词除了武圣岳飞的《满江红》

可与之媲美外，在中国上下五千年的文人堆里，再难找出第二首这样有金戈之声的力作。虽然杜甫也写过“射人先射马，擒贼先擒王”，军旅诗人王昌龄也写过“欲将轻骑逐，大雪满弓刀”，但这些都是旁观式的想象、抒发和描述，哪一个诗人曾有他这样亲身在刀刃剑尖上滚过来的经历？“列舰层楼”、“投鞭飞渡”、“剑指三秦”、“西风塞马”，他的诗词简直是一部军事辞典。他本来是以身许国，准备血洒大漠，马革裹尸的。但是南渡后他被迫脱离战场，再无用武之地。像屈原那样仰问苍天，像共工那样怒撞不周，他临江水，望长安，登危楼，拍栏杆，只能热泪横流。

> 楚天千里清秋，水随天去秋无际。遥岑远目，献愁供恨，玉簪螺髻。落日楼头，断鸿声里，江南游子，把吴钩看了，栏杆拍遍，无人会，登临意。
>
> 《水龙吟》

谁能懂得他这个游子，实际上是亡国浪子的悲愤之心呢？这是他登临建康城赏心亭时所作。此亭遥对古秦淮河，是历代文人墨客赏心雅兴之所，但辛弃疾在这里发出的却是一声悲怆的呼喊。他痛拍栏杆时一定想起过当年的拍刀催马，驰骋沙场，但今天空有一身力，一腔志，又能向何处使呢？我曾专门到南京寻找过这个辛公拍栏杆处，但人去楼毁，早已了无痕迹，唯有江水悠悠，似词人的长叹，东流不息。

辛词比其他文人更深一层的不同，是他的词不是用墨来写，而是蘸着血和泪涂抹而成的。我们今天读其词，总是清清楚楚地听到一个爱国臣子，一遍一遍地哭诉，一次一次地表白，总忘不了他那在夕阳中扶栏远眺、望眼欲穿的形象。

辛弃疾南归后为什么这样不为朝廷喜欢呢？他在一首《戒酒》的戏作中说：怨无大小，生于所爱；物无美恶，过则成灾。这首小品正好刻画出他的政治苦闷。他因爱国而生怨，因尽职而招灾。他太爱国家、爱百姓、爱朝廷了。但是朝廷怕他，烦他，忌用他。他作为南宋臣民共生活了 40 年，倒有近 20 年的时间被闲置一旁，而在断断续续被使用的 20 多年间又有 37 次频繁调动。

但是，每当他得到一次效力的机会，就特别认真，特别执着地去工作。本来有碗饭吃便不该再多事，可是那颗炽热的爱国心烧得他浑身发热。40 年间无论在何地何时任何职，甚至赋闲期间，他都不停地上书，不停地唠叨，一有机会还要真抓实干，练兵、筹款、整饬政务，时刻摆出一副要冲上前线的样子。你想这能不让主和苟安的朝廷心烦？

他任湖南安抚使，这本是一个地方行政长官，他却在任上创办了一支 2500 人的“飞虎军”，铁甲烈马，威风凛凛，雄镇江南。建军之初，造营房，恰逢连日阴雨，无法烧制屋瓦。他就令长沙市民，每户送瓦 20 片，立付现银，两日内便全部筹足。其施政的干练作风可见一斑。后来他到福建任地方官，又在那里招兵买马。闽南与漠北相隔何远，但还是隔不断他的忧民情、复国志。他这个书生，这个工作狂，实在太过了，“过则成灾”，终于惹来了许多的诽谤，甚至说他独裁、犯上。皇帝对他也就时用时弃。国有危难时招来用几天，朝有谤言，又弃而闲几年，这就是他的基本生活节奏，也是他一生最大的悲剧。别看他饱读诗书，在词中到处用典，甚至被后人讥为“掉书袋”。但他至死也没有弄懂南宋小朝廷为什么只图苟安而不愿去收复失地。

辛弃疾名弃疾，但他那从小使枪舞剑、壮如铁塔的五尺身躯，何尝有什么疾病？他只有一块心病，金瓯缺，月未圆，山河碎，心不安。

> 郁孤台下清江水，中间多少行人泪。西北望长安，可怜无数山。青山遮不住，毕竟东流去。江晚正愁余，山深闻鹧鸪。

这是我们在中学课本里就读过的那首著名的《菩萨蛮》。他得的是心郁之病啊。他甚至自嘲自己的姓氏：

> 烈日秋霜，忠肝义胆，千载家谱。得姓何年，细参辛字，一笑君听取。艰辛做就，悲辛滋味，总是辛酸辛苦。更十分，向人辛辣，椒桂捣残堪吐。世间应有，芳甘浓美，不到吾家门户。
>
> 《永遇乐》

你看“艰辛”、“酸辛”、“悲辛”、“辛辣”，真是五内俱焚。世上许多甜美之事，顺达之志，怎么总轮不到他呢？他要不就是被闲置，要不就是走马灯似的被调动。1179 年，他从湖北调湖南，同僚为他送行时他心情难平，终于以极委婉的口气叹出了自己政治的失意。这便是那首著名的《摸鱼儿》：

更能消几番风雨，匆匆春又归去。惜春长，怕花开早，何况落红无数。春且住，见说道，天涯芳草无归路。怨春不语。算只有殷勤，画檐蛛网，尽日惹飞絮。

长门事，准拟佳期又误。蛾眉曾有人妒。千金纵买相如赋，脉脉此情谁诉？君莫舞，君不见，玉环飞燕皆尘土。闲愁最苦。休去倚危栏，斜阳正在，烟柳断肠处。

据说宋孝宗看到这首词后很不高兴。梁启超评曰：“回肠荡气，至于此极，前无古人，后无来者。”“长门事”，是指汉武帝的陈皇后遭忌被打入长门宫里。辛以此典相比，一片忠心、痴情和着那许多辛酸、辛苦、辛辣，真是打翻了五味坛子。今天我们读时，每一个字都让人一惊，直让你觉得就是一滴血，或者是一行泪。确实，古来文人的惜春之作，多得可以堆成一座纸山。但有哪一首，能这样委婉而又悲愤地将春色化入政治，诠释政治呢？美人相思也是旧文人写滥了的题材，有哪一首能这样深刻贴切地寓意国事，评论正邪，抒发忧愤呢？

但是南宋朝廷毕竟是将他闲置了20年。20年的时间让他脱离政界，只许旁观，不得插手，也不得插嘴。辛在他的词中自我解嘲道："君恩重，且教种芙蓉！"这有点像宋仁宗说柳永："且去浅斟低唱，何要浮名？"柳永倒是真的去浅斟低唱了，结果唱出一个纯粹的词人艺术家。辛与柳不同，你想，他是一个大碗喝酒、大块吃肉、痛拍栏杆、大声议政的人。报国无门，他便到赣东北修了一座带湖别墅，咀嚼自己的寂寞。

带湖吾甚爱，千丈翠奁开。先生杖履无事，一日走千回。凡我同盟鸥鹭，今日既盟之后，来往莫相猜。白鹤在何处，尝试与偕来。

破青萍，排翠藻，立苍苔。窥鱼笑汝痴计，不解举吾杯。废沼荒丘畴昔，明月清风此夜，人世几欢哀。东岸绿荫少，杨柳更须栽。

《水调歌头》

这回可真的应了他的号：“稼轩”，要回乡种地了。一个正当壮年又阅历丰富、胸怀大志的政治家，却每天在山坡和水边踱步，与百姓聊一聊农桑收成之类的闲话，再对着飞鸟游鱼自言自语一番，真是“闲愁最苦”，“脉脉此情谁诉”？

说到辛弃疾的笔力多深，是刀刻也罢，血写也罢，其实他的追求从来不是要做一个词人。郭沫若说陈毅：“将军本色是诗人。”辛弃疾这个人，词人本色是武人，武人本色是政人。他的词是在政治的大磨盘间磨出来的豆浆汁液。他由武而文，又由文而政，始终在出世与入世间矛盾，在被用或被弃中受煎熬。作为封建知识分子，对待政治，他不像陶渊明那样浅尝辄止，便再不染政；也不像白居易那样长期在任，亦政亦文。对国家民族他有一颗放不下、关不住、比天大、比火热的心；他有一身早炼就、憋不住、使不完的劲。他不计较“五斗米折腰”，也不怕谗言倾盆。所以随时局起伏，他就大忙大闲，大起大落，大进大退。稍有政绩，便招谤而被弃；国有危难，又应招而任用。他亲自组练过军队，上书过《美芹十论》这样著名的治国方略。他是贾谊、诸葛亮、范仲淹一类的时刻忧心如焚的政治家。他像一块铁，时而被烧红锤打，时而又被扔到冷水中淬火。有人说他是豪放派，继承了苏东坡，但苏的豪放仅止于“大江东去”，山水之阔。苏正当北宋太平盛世，还没有民族仇、复国志来炼其词魂，也没有胡尘飞、金戈鸣来壮其词威。真正的诗人只有被政治大事（包括社会、民族、军事等矛盾）所挤压、扭曲、拧绞、烧炼、锤打时才可能得到合乎历史潮流的感悟，才可能成为正义的化身。诗歌，也只有在政治之风的鼓荡下，才能飞翔，才能燃烧，才能炸响，才能振聋发聩。学诗功夫在诗外，诗歌之效在诗外。我们承认艺术本身的魅力，更承认艺术加上思想的爆发力。

有人说辛词其实也是婉约派，多情细腻处不亚于柳永、李清照。

近来愁似天来大，谁解相怜？谁解相怜？又把愁来做个天。都将今古无穷事，放在愁边。放在愁边，却自移家向酒泉。

《丑奴儿》

少年不识愁滋味，爱上层楼。爱上层楼，为赋新词强说愁。而今识尽愁滋味，欲说还休。欲说还休，却道天凉好个秋。

《丑奴儿》

柳李的多情多愁仅止于“执手相看泪眼”、“梧桐更兼细雨”，而辛词中的婉约言愁之笔，于淡淡的艺术美感中，却含有深沉的政治与生活哲理。真正的诗人，最善以常人之心言大情大理，能于无声处炸响惊雷。

我常想，要是为辛弃疾造像，最贴切的题目就是“把栏杆拍遍”。他一生大都是在被抛弃的感叹与无奈中度过的。当权者不使为官，却为他准备了锤炼思想和艺术的反面环境。他被九蒸九晒，水煮油炸，千锤百炼。历史的风云，民族的仇恨，正与邪的搏击，爱与恨的纠缠，知识的积累，感情的浇铸，艺术的升华，文字的锤打，这一切都在他的胸中、他的脑海，翻腾、激荡，如地壳内岩浆的滚动鼓胀，冲击积聚。既然这股能量一不能化作刀枪之力，二不能化作施政之策，便只有一股脑地注入诗词，化作诗词。他并不想当词人，但武途政路不通，历史歪打正着地把他逼向了词人之道。终于他被修炼得连叹一口气，也是一首好词了。说到底，才能和思想是一个人的立身之本。像石缝里的一棵小树，虽然被扭曲、挤压，成不了旗杆，却也可成一条遒劲的龙头拐杖，别是一种价值。但这前提，你必须是一棵树，而不是一棵草。从“沙场秋点兵”到“天凉好个秋”；从决心为国弃疾去病，到最后掰开嚼碎，识得辛字含义，再到自号“稼轩”，同盟鸥鹭，辛弃疾走过了一个爱国志士、爱国诗人的成熟过程。诗，是随便什么人就可以写的吗？诗人，能在历史上留下名的诗人，是随便什么人都可以当的吗？“一将功成万骨枯”，一员武将的故事，还要多少持刀舞剑者的鲜血才能写成。那么，有思想光芒而又有艺术魅力的诗人呢？他的成名，要有时代的运动，像地球大板块的冲撞那样，他时而被夹其间感受折磨，时而又被甩在一旁被迫冷静思考。所以积三百年北宋南宋之动荡，才产生了一个辛弃疾。

汤显祖与莎士比亚：同途异运两文豪

王　龙

最好的时代，最坏的时代……这两位千秋辉映、雄峙中西的文豪巨匠，虽然都为各自民族留下了难以逾越的文化丰碑，但他们生前所经历的荣辱悲欢，却演绎出不同的人生况味，映射出两个不同社会的国运浮沉、时代缩影，令人感叹唏嘘。

400 多年前，当位于英国伦敦的环球剧场正在上演莎翁戏剧《仲夏夜之梦》时，东方庙会的戏台上也在演出汤显祖的传奇剧《牡丹亭》。“东西曲坛伟人，同出其时，亦一奇也”。早在 1930 年，日本戏曲史家青木正儿在他的《中国近世戏曲史》中，就第一次把汤显祖与莎士比亚相提并论。然而，这两位千秋辉映、雄峙中西的文豪巨匠，虽然都为各自民族留下了难以逾越的文化丰碑，但他们生前所经历的荣辱悲欢，却演绎出不同的人生况味，映射出两个不同社会的国运浮沉、时代缩影，令人感叹唏嘘。

悲喜殊途的命运归宿

翻开历史的年谱，对于汤显祖和莎士比亚来说，

1596 年都是一个悲欣交集的命运转折之年。

1596 年 10 月，莎士比亚终于获得了极为珍贵的乡绅称号和纹章，这满足了他父亲大半辈子的梦想，全家激动万分。被授予的家徽是一面金色之盾，图案是鹰和银色长枪的组合，这暗示了莎士比亚家族的姓氏原意——“用枪震撼”。在命运之神的眷顾下，莎士比亚最终不是用枪而是用笔震撼了舞台。

莎士比亚终其一生都与最高权力集团如影随形，密不可分。与他同时代的作家大都陷入当时的重大纷争，本·琼生成了天主教徒，进了监狱，克里斯托弗·马洛与新教徒的侦探纠缠不清，简直为此耗尽了生命，只有莎士比亚独善其身，巧妙地避开所有风险，总能在复杂的旋涡中全身而退，最终名利双收。

同年在遥远的东方，47 岁的汤显祖对官场心如死灰，在写给朋友的诗中明确表示他现在是以官为隐，对政事多不关心。其时，他除了寄情山水，以诗酒自娱，便全力以赴创作心血之作《牡丹亭》。在这部代表作中，虽然重点描写的是杜丽娘与柳梦梅的爱情故事，但汤显祖假托宋高宗赵构的所作所为，在剧中强烈影射皇帝朱诩钧，将一个不辨贤愚、穷奢极欲的昏君形象和盘托出。汤显祖对于皇权的孤愤决绝之情，尽藏于《牡丹亭》那个意味深长的结尾——

在传统中国戏曲中，人世间不管再复杂曲折的事情，只要皇帝下诏，一切迎刃而解。而在《牡丹亭》的结尾中，皇帝的权威居然如此不堪，先是丽娘之父杜宝“抗皇宣骂救封”，拷打“御笔亲标第一红”的状元柳梦梅，见了使臣苗舜宾还不肯住手；继而当众人在朝堂上争辩、对证之后，皇帝传旨：“父子夫妻相认，归第成亲。”谁知当事双方都不买账，在午门外吵得不可开交。老黄门陈最良抬出皇帝老子：“朝门之下，人钦鬼伏之所，谁敢不从！”还是没有用。结果，皇帝又二次下旨：“据奏奇异，敕赐团圆。”柳梦梅和杜宝仍互不理睬……

皇帝的金口玉言成了汤显祖笔下嬉笑怒骂的调料摆设，这绝非偶然，而是隐藏着他和明神宗朱诩钧在情感上的彻底决裂。万历二十五年（1597年）春，他在辞官前一年写下《感宦籍赋》，更大胆喊出了：“天其平也不平，人则不一也而一。不平谓何，有一有多。”文中用一连串的事实对比，写尽了宦海辛酸、官场内幕。

与穷愁坎坷的汤显祖相比，莎士比亚的一生显然顺畅得多。仅从莎士比亚惊人的收入也可看出他事业上如何一帆风顺：1597 年，他付款 60 镑，在家乡购置房产，俨然是当地最阔气的一座住宅；1602 年又出资 320 镑，购得故乡 107 英亩耕田，20 英亩牧场；他去世前立下遗嘱，除了不动产，由继承人分配的现金，约达 350 镑。

1592 年，年仅 28 岁的莎士比亚创作完成历史剧《亨利六世》，并在伦敦著名的玫瑰剧场上演。《亨利六世》一鸣惊人，莎士比亚一举成名。又过几年，他的杰作《亨利四世》在伦敦舞台上取得空前成功，当时有一首短诗记述演出盛况：“只消福斯塔夫一出场，整个剧场挤满了人，再没你容身的地方。”莎士比亚所在的剧团在伦敦演艺界举足轻重——它能一次吸引 3000 名观众到剧院看戏，而当时整个伦敦的人口也不过 20 万。

莎士比亚的一生与上流社会和宫廷权贵有着不解之缘，并直接从中得到诸多照顾和好处。他所在的“宫廷大臣剧团”多次被女王召入宫廷演出，他在《亨利四世》中塑造的大胖子骑士福斯塔夫深受女王喜爱。在《亨利五世》中福斯塔夫死了，女王觉得十分惋惜，莎士比亚于是专门赶写了《温莎的风流娘儿们》这部戏，让这个快乐的老流氓重新复活并恋爱，博得了女王的欢心。

另一个对莎士比亚命运产生决定性影响的人物，是伊丽莎白时代位高权重的南安普敦伯爵。莎士比亚初出茅庐时，还只是剧院里一个默默无闻的小角色。伯爵是个戏迷，一次偶然的机会发现了在台上当小配角的他。伯爵被莎士比亚身上某些特殊的东西深深吸引住了。从此，莎士比亚成了伯爵家的常客，走进了贵族的文化沙龙。借助伯爵的关系，莎士比亚对上流社会有了贴近观察了解的机会，扩大了生活视野，为日后的创作提供了丰富的源泉。

正是在南安普敦伯爵的直接帮助关照下，莎士比亚才最终获得了乡绅称号和纹章，圆了振兴家族的梦想。相反，汤显祖空有“显祖”之名，却从未能真正光宗耀祖。岂止未曾显贵，纵观汤显祖的一生命运，可谓悲苦不堪。他的三个妻子先后为他生养了七个女儿、五个儿子。然而在他弃官前后，共有五个子女相继死去，曾经在短短三年内连折三儿。这对渐趋老境的汤显祖来说实在是“如割”“如锥”。尤其是长子英年玉树先折，51 岁的汤显祖不堪其苦，其所作七绝悼亡之诗，至今读来仍令人九曲肠回："从来亢壮少情亲，宦不成游家累贫。头白向蓬遴又死，阿爹真是可怜人。"

"宦不成游家累贫"，这既是怀念亡子，又何尝不是汤显祖的泣血自况？仕途之艰辛，家运之不昌，使汤显祖倍觉衰疲，甚至于出世思想日深，此前便以"清远道人"为号的汤显祖，后来干脆以"若士"为号，似乎只差一步就遁入空门了。

莎士比亚长袖善舞，还是汤显祖过于孤高傲世？

对比汤显祖与莎士比亚的命运，到底是莎士比亚长袖善舞，还是汤显祖过于孤高傲世？到底是他们的性情使然，还是时代大势所定？

今天许多研究者都认为，汤显祖青年时代不愿攀附权贵，得罪了重臣张居正，才落得命运多舛的结局。这一被反复提及的事件发生于万历五年（1577 年），汤显祖和沈懋学一起前往北京参加会试。这时宰相张居正想让他的儿子考试及第，便物色海内名士，以作为陪衬。

听说汤显祖、沈懋学的名声，便有意拉拢。这是平凡之辈可望而不可得的机会，汤显祖却不愿受笼络，婉言谢绝。而沈懋学则欣然与张居正之子交游，并高中状元，张居正之子名列其次为榜眼。到下一次会试之前，张的第三个儿子张懋修又想结交汤显祖，汤再次辞却，结果又一次落第，而张懋修却名列榜首。汤显祖回家后心烦意闷，“只有清夜秉烛而游，白日见人欲睡”，实际上是倾泄怀才不遇的牢骚，自言“不敢从处女子失身也”，甚至辛辣地嘲笑“状元能值几文来！”这其中究竟是超脱还是无奈，也许只有他本人知道。

汤显祖到底是出世还是入世呢？其实大可不必固执于非此即彼的认识。汤显祖的一生是矛盾的。唯其矛盾，才显真实。当我们对自号“茧翁”的汤显祖抽丝剥茧，观照他数次蜕脱的痛楚，就会明白汤显祖并不比莎士比亚清高孤傲多少，其实他的忠君思想有一个从愚忠到忠谏，由忠谏到不满，由不满到讽刺的演变过程。

作为专制社会的一员臣民，汤显祖不可能脱离千年传统的土壤。从十几岁直到 34 岁考取进士，步入政界，他其实一直都盲目忠君，即所谓“愚忠”。他 17 岁时，明世宗适60岁，汤显祖特作了一首题为《明河咏》的诗为皇帝颂寿。年底，皇帝死了，汤显祖又写下《丙寅哭大行皇帝》一诗，对嘉靖顶礼膜拜，视若神明。后来在他的诗作中，颂扬皇帝为“天王”“舜帝”之类的字眼也层出不穷。甚至于万历六年，神宗朱诩钧立王氏为皇后，汤显祖也诚惶诚恐地写了一首诗，盛赞“乾坤泰合青阳仲，日月光调璧景双”。

汤显祖考中进士后，作为一位“俊气万人”的有志青年，自然对前途有过浪漫幻想。那时，他把政治理想的实现看得过于简单。他37岁时，写了一首诗《三十七》:“历落在世事，慷慨趋王术。神州虽大局，数着亦可毕。了此足高谢，别有烟霞质。”他和历史上所有才华满腹的士人一样，踌躇满志地认为辅佐皇帝安定天下，几招就能解决问题，然后潇洒地“事了拂衣去，莫问老夫名”，入深山做隐士。谁知等待着他的却是失望和碰壁。他自诩“颇有区区之略，可以变化天下”，朝廷却视他如敝屣。他在北京礼部“观政”了一年多，还未得到任何正式任命，最后不得不婉转求人，“乞南部闲郎”，才得了个“南京太常寺博士”七品小官，去石头城吃闲饭。

虽然太常寺的工作清闲，但是汤显祖却怎么也闲不下来。万历十九年（1591年），好不容易熬到南京礼部祭司主簿的汤显祖，却因一道不合时宜的奏疏遭受重大打击。这年三月，彗星出现在大西北天际。朝廷把这一天象视为上天的警告，皇帝下诏令群臣修德反省。汤显祖读到上谕大为振奋，不顾自身官职低微，错把皇帝虚伪的官样文章看作是发愤图治的号召，大胆指责朝政弊病，上了一道历史上有名的《论辅臣科臣疏》，在奏疏中他慷慨激昂直指时弊，万历皇帝即位以来，“前十年之政，张居正刚而有欲，以群私人嚣然坏之；后十年之政，（申）时行柔而有欲，又以群私人靡然坏之”。奏章如同晴天霹雳，震动朝廷，引得权相记恨，皇上动怒。万历皇帝的脸面挂不住了，下诏切责汤显祖。汤即被降为广东徐闻县典史。

自此，汤显祖的政治生命基本宣告结束。后来他虽在徐闻、遂昌任上皆做出了政绩，但看破世事的汤显祖已归意彷徨，出世思想日深了。万历二十六年（1598年），他向吏部告归，挂冠而去，从此绝意于“长安道上逐禄人”的行列。

多年的宦海浮沉，虽说不上波谲云诡，也让汤显祖领略了个中三昧。他注定要被腐朽的专制王朝放逐于社会边缘，而他却义无反顾地将自己献上精神的祭坛。汤显祖在给友人的信中，曾这样概括过自己一生：“学道无成，而学为文。学文无成，而学诗赋。学诗无成，而学小词。学小词无成，且转而学道。”汤显祖青年时期向理学家罗汝芳学过道，中年向和尚达观学过佛。虽然他既未入空门，也没有成为理学家，但他对“道”的追求是贯穿一生的。同时，他在寻求能够适应自己性情、施展人生抱负的事业。当他最后“学小词无成转而学道”时，这个“道”已不同于一般人所理解的道学，而是他自己所总结归纳出的“情学”，而最能表达“情学”大旨的就是戏曲。

最好的时代，最坏的时代

对于生活在晚明末世，不愿同流合污的汤显祖而言，最终寄情于戏曲创作，不失为一种理想的生存方式。

在一个只容许奴隶立身的王朝，如果谁幻想“站着就把官做了”，岂非缘木求鱼？在君权至上的社会里，任何人的实际价值都是由最高皇权决定的。“学成文武艺，货于帝王家”，你这“文武艺”价值几何，不取决于自身本事高低，乃在于帝王是否识你的“货”，说白了，就是取决于大大小小的“皇帝们”的好恶。连孔子当年都自称“我待贾者也”，四处游说列国，也没能“推销”掉自己。

汤显祖既希望在政治舞台上建功立业，同时又极度鄙视那些潜身缩首、逢迎求官的人，试图坚持为民请命的社会良心；理想与现实的冲突，使悲剧的结尾成为必然。要知道，汤显祖生活的明代嘉靖至万历年间，皇帝昏庸，宦官乱政，朝纲败坏，贪官横行。历史上著名的“海瑞上疏”骂皇帝、奸臣严嵩父子乱政的故事均出现在嘉靖时期。万历帝在位 48 年，亲政 38 年，却把自己关在深宫，沉迷于丹炉的熏染之中，25 年不见人面。将国运兴衰系于这样的“九重之尊”身上，国势民情也便大体可知了。在专制政体之下，假道学甚嚣尘上，个性横遭扼杀，偌大的朱明帝国，竟然容纳不下一个敢倡“异端”的思想家、文学家李贽。封建卫道者们给李贽扣上“敢倡乱道、惑世诬民”的罪名，将他逼死狱中。汤显祖与李贽多年神交，这件事对他的影响不可估量。

生活在那个时代的汤显祖，耳闻目睹这些惨剧怪事，身上渐次形成的文化个性、反叛精神，就无可避免地要与命运安排给他的羁绊作搏斗。时代毁灭人，也造就人。汤显祖一生的矛盾和苦闷在于入世与出世间的无奈，文章名世与大道践履的抉择两难，以及在情与理之间的痛苦徘徊。在经历了强烈的济世情怀与无奈的仕途抵牾之后，他终于选择了一条正确的人生之路。大明朝虽然少了一个好官，戏曲史的星空中却从此升起了一颗耀眼的巨星，这真是中国戏曲史乃至世界戏曲史之大幸。

用运载火箭发射航天器，不是任何时候都可以进行，由于工作条件和气象限制，必须在特定适合的时段内才能发射。这种允许发射的时间范围，叫作“发射窗口”。发射窗口十分难得，有时稍纵即逝。莎士比亚和汤显祖的命运区别，就在于他们的激情和才华是否遇到这样一个千年难遇的“发射窗口”。在莎士比亚的时代之前，英国有着严格的书籍和戏剧审查制度，还有血腥

A Light Heart Lives Long.

—William Shakespeare

恐怖的“星室法院”，以言犯禁者可被处以酷刑。到了伊丽莎白女王时代，宽容的施政理念使她对自己的政敌都尽量减少杀戮，以避免社会动荡。而对于天才作家莎士比亚的宽容与赏识，更是有目共睹。如果莎士比亚晚生几十年的话，不幸碰上了英国资产阶级大革命，我们也许只能在断头台上听他朗诵那伟大的作品了——克伦威尔掌权后发布的第一个命令就是关闭伦敦所有剧场。在那个砍头好比风吹帽的年头，连查理一世的头都被砍了下来，莎士比亚那颗脑袋能不能保住就很难说了。

莎士比亚遭遇的一次意外惊险，最能说明那个时代的包容。1601 年，一伙神秘的顾客来到伦敦最豪华的剧院，他们开出高价，指定剧团在某一天重新上演《理查三世》这部戏剧。当演员们演到废黜国王那一幕时，叛乱在伦敦城发生了，这就是埃塞克斯伯爵叛乱案。原来，伯爵和他的同伙在策划叛乱时约定，以剧中废黜国王的一幕作为发动叛乱的信号，可怜的演员们不幸被卷入了叛乱中。不过，叛乱被平定以后，无论《理查三世》的作者还是演员和剧团，没有任何人因为撰写和演出这部戏剧受到任何惩罚。

莎士比亚实属幸运，他生活在以宽容之道治国的伊丽莎白时代。这是英国历史上最伟大的时代之一。女王高度的政治智慧和包容之心，泽及文学艺术，特别是她对戏剧的扶持。伊丽莎白之后继位的詹姆士六世也一样酷爱戏剧，登基仅两个月，就把莎士比亚和他的剧团揽进自己亲自庇护的班底，并改名为响当当的“国王供奉剧团”。莎士比亚和剧团演员都成为宫廷侍卫，配有猩红色的皇家制服，授予荣誉头衔。从此，国王供奉剧团的宫廷演出每年超过 20 场，演员们的收入剧增，莎士比亚也有了相当不菲的报酬。

当时，莎士比亚创作的历史剧大多以揭露宫廷黑幕为主题，许多君王在剧中都是反面人物，观众很容易对号入座引起联想。伊丽莎白当然知道这一点。当莎士比亚的《理查三世》上演时，强悍狡诈的理查对自己有一段“自画像”式的独白：

我有本领装出笑容，一面笑着，一面动手杀人；我对着使我痛心的事情，口里却连说“满意满意”；我能用虚伪的眼泪沾湿我的面

> 颊，我在任何不同的场合都能扮出一副虚假的嘴脸……连那杀人不眨眼的阴谋家也要向我学习。我有这样的本领，难道一顶王冠还不能弄到手吗？

伊丽莎白担心剧情会使观众联想到她本人，因为剧中篡夺理查三世王位的正是她的祖父亨利七世。但是女王并没有将作者投入监狱或者禁演这部戏，她仅仅对大臣们埋怨说："这部悲剧在剧场和剧院里已经演出 40 次了。"

1601 年，莎士比亚的新剧《哈姆雷特》在伦敦上演——"脆弱啊，你的名字是女人！"当扮演哈姆雷特的演员在舞台上说出莎士比亚的这句名言时，舞台对面的包厢里就坐着伊丽莎白女王。她若无其事地看戏，没有表现出一丝不快。

铁屋中的呐喊，太阳下的宣言

16 世纪，汤显祖和莎士比亚所处的社会有着相似的政治、经济和思想背景。两人所处的社会都被压制人性、贬低人性的思想所束缚，经过进步人士的不懈努力，充满人文主义气息的新思想冲破传统，使人性得到解放。相似的社会根源，使得两者有着相似的文学创作思想倾向。汤显祖和莎士比亚虽然相隔万里，但他们都处在“东西方的文艺复兴”时期，他们都深受人文关怀思潮的影响，所以在作品中都热情呼唤和赞颂人间的真情、真爱，也塑造了很多“至情”“痴情”的人物形象。他们的作品处处充斥着情与理、灵与欲的矛盾和斗争，充满着对人性的寻找与发现。汤显祖和莎士比亚，一个在东方没落的王朝中长夜独行，一个在西方的温柔富贵乡中孜孜思索，他们最终都没有失去独有的犀利和深刻。

但由于东西方社会文化背景的不同，莎士比亚和汤显祖的结局又迥然有别。

莎士比亚所处的时代，是专制制度开始瓦解、新兴的资产阶级开始上升的大转折时代。在文艺复兴这片沃土上，莎士比亚尽情呼吸着自由新鲜的空气。人文主义思潮激发了要求个性解放、享受生活的时代巨潮，人性取代了神性，人道主义取代了神道主义，号召人们理直气壮地用世间的幸福去取代天国的理想，而不要为了一个虚无缥缈的理想放弃现世的享乐。文艺复兴的年代里，艺术家心里充满世俗快乐色彩。莎士比亚选择一个故事的时候，也许仅仅是觉得这个故事有趣而会动笔，他为大众写作，也为市场写作。《亨利四世》创造了一个不朽的喜剧人物福斯塔夫。福斯塔夫是一个年过五十的破落骑士，一个好吹牛的懦夫，一个贪婪的冒险家。他是流氓头子，善于见风使舵、浑水摸鱼。他否认任何道德，既无良心也无怜悯，平生第一快事就是以粗鲁低级的方式向女子献殷勤。他生性幽默，所言所行妙趣横生，笑料百出。福斯塔夫作为一个活在老百姓身边，为老百姓喜闻乐见的人物，成为莎士比亚笔下最成功的喜剧形象之一。

动荡不安的欧洲大陆，摇摇欲坠的封建统治，尖锐对立的社会矛盾，频繁的人民骚动，西班牙入侵的危险……这一时期波澜壮阔的历史画卷便是莎士比亚创作的背景。莎士比亚以杰出的才华把握这个大变革时代，揭露封建制度的冷酷无情，主张实行资产阶级开明君主的专制制度，赞美现实生活，肯定人的力量和价值，以杰出的作品提升了英国的人文主义思想。

而汤显祖经历了痛苦彷徨的求索，也很难真正找到一条出路：在他身上，体现出一个走在时代前列的觉醒者无路可走时的悲茫无依和无可奈何：汤显祖早年写过一篇寓言性的《嗤彪赋》，描述了一只老虎因贪口而陷入道士设下的陷阱，慢慢地失去了往日山中之王的雄风，成了任人摆布的玩物，最终由“大虫”变成“小畜”。这篇赋象征着一个独立的人失去自由的过程，表达了汤显祖对专制社会异化环境的深刻感触。一个独立的人，一旦走上仕宦之路，就会失去作为个体的独立存在价值，变成没有自觉意识、被人愚弄还要感恩戴德的奴才。汤显祖对此无比悲愤，在赋末这样表示了自己的态度：“谅如此而久生，固不如即死之麒麟。”

在他后来创作的《邯郸记》中，人与异化环境的冲突已不是局部的了，抨击的对象已经是整个专制社会。汤显祖通过剧中主角卢生一生大起大落、大悲大欢的命运变化，把专制社会的黑暗、荒唐、腐朽揭示得淋漓尽致。在这个“朝承恩，暮赐死”的体制下，任何荒谬的事都会发生，人只是玩偶和奴隶。《邯郸记》

展示的是一幅血淋淋的异化现实图景，在这个荒谬世界中，人生可悲而又可怜。

汤显祖通过心灵的深刻反省超越，从而获得精神上的自由，但即使能够改变主观内心，却无法改变坚硬如铁的现实环境。在现实中，这种精神自由没有着落，成为无根的浮萍。对此，汤显祖似乎也早就感受到了。他在《邯郸记》中，虽然让卢生梦醒后向道教仙境皈依，但在剧末还是发出了“还怕今日遇仙也是梦哩……毕竟游仙梦稳”的疑问与慨叹，这是没有自信、无可奈何的心理表现。

于是我们最终看到，莎士比亚自豪地站在 16 世纪的思想高度，把掩藏在历史深处的人性挖掘出来，抛到人们面前，大声说：“看吧，我的朋友们！人类不是按照我的规格创造的，我所能做的一切就是把他们真实的样子展示给你们看。”而汤显祖所处的中国，仍然是一个闭关自守的老大帝国。日益腐化的中央集权变本加厉，壅塞民智。资产阶级启蒙思想的萌芽走不出书本，在专制的贫瘠瘦土上始终未能生根开花。汤显祖只能默默用无处不在的梦，去倾诉一个时代的谜；用掩耳盗铃似的悲剧人物，去讲述一个时代的大悲剧；用自我解嘲，去嘲讽整个社会。那铁屋中的真理亮光，就闪烁在真中有幻、寂处有音、冷处有神、味外有味的字里行间；一个伟大的天才没有知音。是汤显祖的悲哀，更是一个时代的悲哀。

纳兰性德的忧郁人生

押沙龙

富贵是个很奇怪的东西，大多数富贵的人多少都难免有点志得意满的骄横，但也有一类天性温良的人，如果他们生于贫贱，也许不免会沾染上一些世俗的东西，但正因为他们生于富贵，所以才保持住了一份天真的赤子之心。

家家争唱《饮水词》，纳兰心事几人知？

清代笔记《能静居日记》里有一个记载，和珅将《红楼梦》进呈给乾隆阅览，乾隆读后说："这本书写的就是明珠家的事。"后来在红学索隐者中，曾有很大的一个流派断言"明珠家事说"。如果按照这个说法，贾宝玉的原型就是明珠的长子纳兰容若。

除了曹植以外，纳兰容若可能是整个文学史上最有名的贵公子。他的词作曾一度被人忽略，但在道光年间又再度流行，推尊为一代大家。然后他的声望越来越大，二十世纪时已有人说他是清代第一词人。王国维在《人间词话》更推崇他说是"北宋以来，一人而已"。到了现代，在安意如、苏樱等人笔下，他更从词人而至文学明星，由文学明星而至玛丽苏们的偶像，飘飘然若不食人间烟火。这样一个才子，又英俊多金，又相门贵胄，如果他再是贾宝玉的原型，那就更凑趣了。

可惜他不是。“明珠家事说”已经被红学考据彻底否定掉了。纳兰容若不是贾宝玉。而且即便没有那些考据，纳兰容若也不该是贾宝玉，虽然他们有些地方确实很像，比如他们都细腻、多感、阴柔、善良。可是他们性格有一点本质的不同。至少在被抄家之前，贾宝玉是个快乐的人。《红楼梦》是部悲伤的书，但贾宝玉是个快乐的人，喜欢热闹、享受生活，但是纳兰容若则似乎始终怀着一份忧郁。

翩翩相府佳公子，金堂玉马，轩车广厦，纳兰容若该是多少人羡慕的对象，但他却好像很少真正快乐过。

忆昔宿卫明光宫，楞伽山人貌姣好

他生于公元1655年，名纳兰成德（后因避太子讳，一度改为纳兰性德），号楞伽山人，容若是他的字。他与康熙皇帝同年出生，论宗族则是叶赫那拉氏，跟慈禧太后属于一系。所谓纳兰，其实就是“那拉”二字的不同叫法。

纳兰容若的父亲是一代权臣明珠，极其精明狡猾，属于那种眼前飞过苍蝇都要辨个公母的人。在当时的满洲权贵里，明珠是最汉化的一个。他非常重视让孩子接受儒家文化教育。纳兰容若学得也快，如海绵吸水一般。这一点他跟贾宝玉也不同。贾宝玉有叛逆情绪，不愿意学四书五经，还经常私下发表一些反动言论。纳兰容若却是一个乖孩子，他一辈子也没有真正叛逆过。虽然他在灵性上更容易接受佛教，但他从没有真正质疑过儒家传统，也没有真正质疑过自己所处的社会。他只是觉得不舒服。在诗词的才情上，他胜贾宝玉十倍，在思想的勇气上，贾宝玉则远远胜过了他。纳兰容若属于满洲贵胄，按照惯例，他不需要参加科举也能找到仕进的路子。但科举毕竟是正途，以后进入官场跟人家说起来“下官是个进士”，也比“下官是个官二代”听着要好得多。所以明珠就一心想让孩子走科举之路。科举对纳兰来说也很容易。一方面这跟当时科举制度有关，清朝科举满汉待遇不同，纳兰本身就比汉族生员占便宜，何况他天生聪颖，结果十八岁就考上了顺天府举人。在二十二岁时，纳兰又考中了进士，二甲第七名，也就是全体考生中的第十名。

纳兰容若骨子里是文人，他就像所有传统文人一样，做过“一万年来谁著史？三千里外觅封侯”的功业梦。那一年，纳兰也雄心勃勃，一会儿想进翰林院，一会儿又想去参军平三藩打吴三桂，“平生纵有英雄血，无由一洒荆江水！”但是翰林院他也没去，英雄血他也没洒。考中进士等了几个月，一道圣旨下来，任命他为三等侍卫，入宫伴驾！

满洲贵族子弟当侍卫，也算是个传统。明珠就当过侍卫，纳兰容若的弟弟后来也当了侍卫。但问题是：要当侍卫，何必费这么大力气考什么进士？原来大家普遍推测他会进翰林院，这一来都大为吃惊。康熙一时心血来潮，就决定了纳兰的命运。从此他开始九年的侍卫生涯。这九年里，他护驾出巡，陪着皇帝狩猎、避暑、祭祀，“升殿则在帝左右，扈从则给事起居”。曹雪芹的祖父曹寅和他做过同事，还专门为他写过一首诗：“忆昔宿卫明光宫，楞伽山人貌姣好。”

纳兰容若并不文弱，能骑马射箭，据说是“上马驰猎，拓弓做霹雳声，无不中”，就连小说《七剑下天山》里梁羽生都让他和“七剑”之一桂仲明对过一掌，所以干侍卫这行倒也不难。但问题在于纳兰容若不是《鹿鼎记》里的多隆，干侍卫这种工作完全违背他的天性，而且毫无成就感。

他像干苦役一样当着侍卫，一直到死也没能摆脱。而且皇帝还没有提拔他的意思。明珠在三十岁的时候就当了内务府大臣，纳兰的弟弟在二十多岁的时候就转行当了侍读，后来一直官运亨通。纳兰混了九年，只从三等侍卫混成了一等侍卫。康熙对他挺不错，得病的时候还嘘寒问暖送药，但就是不重用他。我觉得这里面透露出某些信息。康熙喜欢他，事实上几乎没有人不喜欢纳兰容若，但康熙似乎并不认为他是个做大臣的苗子。从纳兰容若的性格判断，也许康熙的眼光是对的。

九年里，纳兰干的最得意的一件事就是受命“觇梭龙诸羌”，到东北为康熙考察形势。这次谍报活动进行得很圆满，得到了皇帝表扬。很多人都议论说这次纳兰容若要大用了。谁知道最后还是毫无动静，纳兰还是接着干他的侍卫，整个事情无声无息地结束了，只留下了一首优美的词《长相思》：

山一程，水一程，身向榆关那畔行。夜深千帐灯。风一更，雪一更，聒碎乡心梦不成。故园无此声。

渌水亭主人

二十二岁那年是纳兰容若转折性的一年。在这一年，他中了进士，当了侍卫，还为自己最好的朋友顾贞观写了一首《金缕曲》。这首词在纳兰容若的作品里并不算第一流的，却轰动了京城，使纳兰声名大振。他借势出版了自己的第一首词集《侧帽集》，也即《秋水词》的前身。一夜之间，他成了北京城崛起的文化新星，而且他和其他文化新星不一样，他有钱。明珠为他修筑了一座渌水亭做会客之所，这里旁依清波，雕梁画栋，极其雅致，很快就成了当时最有名的文化沙龙。

各种文人雅士马上蜂拥而来。这里头固然也有本来就混得不错、有头有脸的人物，但更多的是落魄文人。翻一下这些才子的简历，往往当时都是“窘甚”“贫甚”“仅一布袍”“生计无着”“困顿”，现在他们就像尿急的人望见麦当劳，一头扎了进来。何况纳兰的父亲明珠是顶级权臣，要是攀上这个关系，马上就能飞黄腾达——用他们文雅的话来说，这就叫“涸鱼出水”，而且明珠似乎也有意通过儿子的关系网罗人才做心腹。

纳兰容若帮助过真正的“涸鱼”。顾贞观是纳兰一生中最重要的挚友，他有个朋友叫吴兆骞，因为被科场案牵连，受了不白之冤，流放到了东北宁古塔。一个江南文弱才子，在那地方实在是度日如年，而且能不能熬着活下来都是问题。顾贞观发誓一定要救他回来。他找到了纳兰容若，给他看了自己写给吴兆骞的词，也叫《金缕曲》，这首词是清代词中的经典：

季子平安否？便归来、平生万事，那堪回首！行路悠悠谁慰藉，母老家贫子幼。记不起、从前杯酒。魑魅搏人应见惯，总输他、覆雨翻云手。冰与雪，周旋久。

泪痕莫滴牛衣透。数天涯、依然骨肉，几

家能够？比似红颜多命薄，更不如今还有。只绝塞、苦寒难受。廿载包胥承一诺，盼乌头、马角终相救。置此札，君怀袖。

纳兰容若看了以后哭了。他说你不用说了，我一定会想办法救你的朋友。他带着顾贞观见父亲明珠。这个事情非常难办，因为那个科场案是朝廷重案，吴兆骞是在康熙那里都挂了号的。但顾贞观向明珠下跪求情，明珠总算勉强答应了。后来明珠父子二人费了不少周折，还花了很多钱，终于把吴兆骞弄回来了。但是吴兆骞不清楚其中的原委，顾贞观也没向他提这件事，他只知道是明珠救的自己，回京后居然因为小事和顾贞观闹翻，见人就痛骂顾贞观。等他到明珠府拜谢，明珠就领着他到一间屋子，指着墙上的一行题字给他看："顾梁汾为松陵才子吴汉槎屈膝处"。吴兆骞愣了片刻后，号啕大哭。

顾贞观是纳兰容若第一知己。也只有这样的人，才配得上纳兰的友谊。纳兰容若对友情极其看重，每次送别朋友离开的时候都非常难过。文人是不好相处的，自尊心还特别敏感，但在几乎所有文人的回忆里，纳兰都没有半点贵胄的架子，从没有过倚势凌人的时候。朋友在渌水亭里踞坐狂叫、谩骂世事，纳兰容若也只是静静听着，不以为忤。富贵是个很奇怪的东西，大多数富贵的人多少都难免有点志得意满的骄横，但也有一类天性温良的人，如果他们生于贫贱，也许不免会沾染上一些世俗的东西，但正因为他们生于富贵，所以才保持住了一份天真的赤子之心。

纳兰死后那些铺天盖地的伤痛怀念，也许只是文人痼习，不能全当真。但是在他死了多年以后，朋友聚会谈起他的时候，还有许多人失声痛哭。这样的哭声，比所有的文字更有说服力，更能证明被他们怀念的，是一个什么样的人。

此情已自成追忆

纳兰曾经有过一个梦中情人。这个人到底是谁，现在已不可考。有人说是他的侍女，后来出家了；有的说是他小姨子，后来嫁人了；有人说是他表妹，后来进宫做宫女了。甚至越说越奇，甚至说为了见表妹，纳兰容若化装成喇嘛，混进后宫云云，这些说法只能姑妄听之。但很明显，这个女子是纳兰爱过的第一个人，这是少年的青涩之爱，因为没有得到显得更加美好。为了这段感情，纳兰写下了伤感的词：

谢家庭院残更立，燕宿雕梁。月度银墙，不辨花丛那辨香？此情已自成追忆，零落鸳鸯。雨歇微凉，十一年前梦一场。

这可能是北宋之后写初恋的最好的词。但是这样的初恋更适合伤感的怀旧，让一个人缅怀自己错过了多么美好的事物。它并不会在生命中刻下真正破肉见骨的伤痕。

只有卢氏给他留下过这样的伤痕。纳兰容若二十岁的时候娶了卢氏。卢氏是两广总督的女儿，文化修养很不错，和纳兰容若感情非常好。纳兰甚至还为她破天荒地写了艳词。但是三年后，卢氏难产，母子俱亡。这一次打击对纳兰容若创巨痛深。他忽忽如狂，将妻子的灵柩停放在双林禅院，不时过去守着棺材陪灵。直到一年多之后，才在父亲坚持下给妻子下了葬。他反复回忆，反复咀嚼，写下了一首又一首回忆妻子的词。

> 谁念西风独自凉？萧萧黄叶闭疏窗，沉思往事立残阳。被酒莫惊春睡重，赌书消得泼茶香，当时只道是寻常。

每个句子看着都很平常，可是在苏轼的《江城子》之后，再没有人写过这么让人悲伤的悼亡词了。不过纳兰和苏轼存在着一个区别。苏轼是个豁达的人，他只在想起悲伤的时候才悲伤，而纳兰容若是个放不开的人，他会被悲伤淹没。但是生活还是要继续。纳兰续娶了一个妻子官氏。这是一场政治婚姻，官氏和他感情说不上有多不好，但也说不上有多好。他们的感情世界好像不太合拍，有点貌合神离。纳兰婚后还是一首接一首地写着悼念卢氏的词。他死后官氏很快就改嫁，在当时社会风气里也是反常的事情，这多少也暗示了两人的夫妻关系。

后来，他和一个叫沈宛的女人发生过短暂的恋情。

沈宛是江南才女，写过一本词集《选梦词》，但她的身份相当模糊，据推测最有可能的是一名歌伎，就像柳如是、董小宛一样。这段恋情是顾贞观搭的桥，纳兰容若陪同康熙南巡的时候，和沈宛陷入热恋，同居在一起。后来又托顾贞观将沈宛带至北京。本来按纳兰容若的身份，娶位妾室也属正常，但当时规定满汉不通婚（汉军旗人不在汉人之列），明珠坚决不同意接纳沈宛。几个月后，纳兰容若屈服了，将沈宛送回江南。两人分手了。纳兰容若对此内疚不已，据说他最著名的那首词就是用沈宛的口气责备自己的：

> 人生若只如初见，何事秋风悲画扇。等闲变却故人心，却道故心人易变。骊山语罢清宵半，泪雨霖铃终不怨。何如薄幸锦衣郎，比翼连枝当日愿。

那一年，纳兰容若三十岁。在别人眼里看来，他是幸运的。他是内阁大学士的儿子，他是渌水亭的主人，他有妻室，有子女，有钱，有地位，有才名，而且即便康熙暂时没有重用他，按资历他也早晚会成为一位高官。但只有读过《秋水词》的人，才知道这个幸运儿的心里充斥着潮水一样的忧伤。这里有丧妻之痛，有失恋之哀，但又不仅是这样。纳兰容若更多的忧伤是无名的，是没有具体因由的，它背后是对整个世界的厌倦。他就像《麦田守望者》里的那个衣食无忧的霍尔顿，站在灯火辉煌的纽约街头，面对这个光亮温暖却又空空荡荡的世界，忽然迸发出莫名的泪水，在心中对着死去的家人说：亲爱的艾里，别让我消失，请别让我消失。

1685 年五月，三十一岁的纳兰容若和朋友们聚会饮酒，每人都写了《夜合花》一诗。八天之后纳兰容若去世了。一年后，顾贞观从北京回到了故乡，在自己屋子里挂上纳兰容若的小像，过了三十年隐居的日子。

在纳兰去世十年的时候，顾贞观在曹寅的画轴上题了一首诗：

家家争唱《饮水词》，纳兰心事几人知？

朱耷·虚谷·吴昌硕

朱耷

山水花鸟图册之一

朱耷

山水花鸟图册之二

朱耷

山水花鸟图册之三

朱耷

书画册之一

朱耷

杂图册之一

朱耷

书画册之一

朱耷

书画册之二

朱耷

书画册之三

朱耷

书画册之一

虚谷

杂画册之一

虚谷

杂画册之一

虚谷

杂画册之二

吴昌硕

花鸟山水册之一

吴昌硕

花鸟山水册之二

吴昌硕

花鸟山水册之三

北洋怪杰徐树铮

聂作平

孙中山对徐树铮的赏识是不言而喻的。直皖大战失败后，徐树铮下野，避居天津。随后，他前往桂林拜会孙中山。孙中山在给蒋介石的信中称“徐君此来，慰我多年渴望”。及至相见，两人惺惺相惜。

我犹记得，几年前某刊曾编发过一组老照片。其中一张老照片上，兀立着一座低矮的坟茔。坟周，石马残破，秋树盘空，北中国的原野一片肃杀，隐隐透露出一种说不出的凄清与苍凉。墓中沉睡的这个人，如今已鲜为人知。但在将近一个世纪前的民国时期，却是一个手眼通天的风云人物。誉之者称其为卫国护边的民族英雄，谤之者斥其为搅得天下大乱的阴谋家。他既有公忠体国的A面，也有结党营私的B面；他有时是阴险狡诈的政客，有时是风流儒雅的文人。人说盖棺论定，但对他誉满天下谤满天下的人生来说，却是盖棺难定。他，就是民国年间的北洋军阀、政客徐树铮。

段祺瑞手中的小扇子

揆诸清季民初军政要人，袁世凯乃是数一数二甚至独一无二的强势人物，除了他有号令天下的声威与势力外，再无可以相提并论者。是故世人大多认为，如果袁世凯不是鬼迷心窍要黄袍加身，则中国走向民主富强大有希望。如吴廷燮就认为：“项城无乙卯事，则福吾华者，岂可限量。”然而袁世凯倒行逆施，与时俱退，终至天下汹汹，声名扫地。袁去世后，天下再无他一样的强势人物，群龙无首的北洋系各有打算，南方的孙中山力倡革命，关外的张作霖虎视眈眈，一时间兔起鹘落，翻手云雨，中国陷入了割据时代。诸多军阀中，北洋三杰之一的段祺瑞既是皖系首领，也是袁世凯及其继任者黎元洪时代的大权在握者——多年以来，他长期担任国务总理兼陆军总长。徐树铮被称为段祺瑞的小扇子，甚至被认为是段祺瑞的灵魂，段祺瑞的一举一措，莫不出自徐树铮的谋划。段对他的信任和他对段的忠诚，以及由此产生的对民国年间中国政治的巨大影响，实在不可估量。

徐树铮与段祺瑞的结识相当偶然。徐树铮字又铮，号铁珊，系江苏萧县（现属安徽）人。二十来岁时，徐树铮前往山东投靠编练新军的袁世凯，不巧遇上袁家办丧事，袁安排了一个姓朱的部属代为接见。朱乃名士做派，见不得徐的坦率自信，见面并不愉快，徐便暂住旅店。是时已近年关，仅着夹衣的徐树铮在厅堂里帮人写对联，恰逢在袁世凯手下任职的段祺瑞到旅店访友。段见徐气宇轩昂，就和他攀谈起来。在获悉徐树铮的情况后，段问他愿否到其手下就事，徐傲然答道“值得就则可就”。段因是奇之，遂聘请徐树铮担纲所部文牍工作，两人由是订交，生死与共二十余载。按丁文江先生的说法，乃是“段一生刚愎，有人说段是刚愎‘他’用，这他，就是徐树铮”。

袁世凯称帝，举国哗然。护国军兴，袁很快众叛亲离，不得不宣布取消帝制，并请段祺瑞出面组织内阁，以助转圜。但袁、段的最后合作，仍然貌合神离，其原因便是段祺瑞不可能离得开徐树铮，他要任命徐树铮为国务院秘书长，而袁世凯偏偏对徐树铮颇有微辞。为此，段祺瑞请张国淦出面向袁说项。张轻声对袁说：“总理想自己物色一个秘书长。”话音刚落，已猜到段祺瑞想法的袁世凯脸色一沉："他想用谁？用谁？"张说，想用"徐又铮以资熟手"。袁的脸色更难看了，恨恨地说："真是笑话，军人总理，军人秘书长，这里是东洋刀，那里也是东洋刀。"末了，可能想到现在是他在求段，便说，徐树铮是军事人才，就叫他任陆军次长吧。段祺瑞知道此事后，大为恼怒，脸色比袁世凯还难看，连手中的烟斗都扔到了地上，大声说："怎么，到了今天，还是一点都不肯放手吗？"两边折中的结果，徐树铮出任帮办秘书，即副秘书长。

袁世凯龙骧虎步，是段的老上司，此时虽已取消帝制，却仍是总统，段祺瑞为了徐树铮，敢和老上司叫板，由此可见徐在他心目中的位置。

黎元洪任总统后，段祺瑞再任国务总理。段组阁的第一件事，仍是拟任命徐树铮为国务院秘书长。如同袁世凯一样，黎元洪也坚决反对。他对张国淦说，请你告诉总理，一万件事我都依从他，就这一件我办不到。张不敢把这话对段说，只得向徐世昌讨教。徐怕黎、段一上台就闹僵，遂劝黎说："我以为你一万件事都可以不依从他，这一件非依从他不可，不要怕又铮跋扈，芝泉

（段祺瑞）已经够跋扈的了，多一个跋扈也差不了多少。”黎无奈，只得照办。不过，他有一个条件，那就是决不单独见徐树铮，凡是徐有事见他时，必须由总统府秘书长同行。黎这个条件，乃是他对徐树铮的傲慢犯上深恶痛绝。

有一次，徐树铮拿了三个官员的任命到总统府请黎元洪盖印，黎多嘴问了下这三个官员的出身，徐树铮十分不耐烦地说：“总统不必多问，总理早已研究清楚了，请快点盖印吧，我的事情还忙得很呢。”黎元洪贵为民国大总统，竟被国务院秘书长当面顶撞，气得脸色发青，却只敢对手下人发一通牢骚：“我本来不要做这总统的，而他们竟公然目无总统。”

民国要人中，黎元洪因脾气好而被人称为黎菩萨，但面对段和徐的强势，黎菩萨后来也忍无可忍，并因利益互博而演变成史上有名的府院之争，而府院之争的直接结果便是张勋复辟。

原来，黎元洪出任总统时，主战场摆在欧洲的第一次世界大战已近尾声，胜负即将见出分晓。为此，段祺瑞力主同德、意断交并宣战。从今天的立场看，段的意见乃明智之举，战后中国确也因站对了队而罕见地成为战胜国，并派员参加巴黎和会，废除了部分不平等条约。不过，段祺瑞的力主宣战，赞之者认为其深谋远虑，经国有方；斥之者却疑其不过是借机扩张势力，企图一枝独大。无论赞之者还是斥之者，都不过主观臆断。以实际后果来说，即便段的主战藏有私心，但客观上仍有利于国家。反倒是一部分革命党人和黎元洪等人，生怕段氏借此坐大，从而纷纷反对，虽然他们多半也明白宣战对国家有好处，但因为他们个人和圈子无利可图，是故必须极力反对。由此一端，即可洞见人性的幽暗和历史的复杂。

此前，府院之间已因徐树铮的跋扈擅权闹得鸡犬不宁，现在面对参战与否的重大决策，两边更是势同冰炭。在段祺瑞和徐树铮看来，段所领导的国务院，是责任内阁，应当由它对这个国家实行实际管理，而黎元洪的所谓总统，只不过是名义上的国家元首，说白了只是礼仪职务，并不握有实际权柄。就像此前徐树铮常对黎元洪说的那样，“现在是责任内阁制，有总理负责，总统不必过问”。但问题的关键是，黎元洪和段祺瑞的反对者，不承认或不愿承认现在是责任内阁制，而且由于害怕段祺瑞借对德意宣战之名而行扩张之实，黎元洪更是坚决反对。其情其景，《剑桥中华民国史》指出：几乎从一开始，依靠军队力量的段祺瑞，和谋求对其加以抑制的国会之间，就存在着紧张的关系。

段祺瑞在北京召开了一次督军会议，获得了部分督军的支持。国会在军人的压力下到底参战与否犹豫不决，急于求成的段祺瑞组织了所谓的公民团围攻国会，企图强行通过对德宣战。被逼到死角的黎元洪和国会孤注一掷，宣布罢免段的总理一职。但按责任内阁制惯例，总统的命令非经总理副署不能产生效力，即便任免总理亦如此。因此，既然黎元洪宣布免去段祺瑞总理职务的命令并没有总理段祺瑞副署，自然也就不合法。段祺瑞和徐树铮退到天津，公开指责黎元洪非法。

民国初年，中国政治的一大特色是中央政府大权旁落，地方诸侯日益坐大。经常出现的一幕就是某个省或某几个省倘不满意中央政策，便站出来通电独立。原本就支持段祺瑞的北方八省督军这时就纷纷宣布脱离黎元洪政府而独立，黎元洪想找一个人出任国务总理以替补段祺瑞，竟然没有一个政客愿意蹚这趟浑水。万般无奈之下，黎元洪邀请驻守徐州的辫帅张勋进京调停。黎元洪此举，无异于请黄鼠狼到鸡窝做访问学者，一直寻找机会复辟清朝的张勋立即率兵进京。

有一种广为流传说法是，张勋儿戏般的复辟，实乃徐树铮所策划。徐树铮此前到徐州会晤张勋，向张表示，芝老（段祺瑞）只求达到驱黎目的，一切手段在所不计。言下之意即使张勋若复辟，段祺瑞并无反对意见。于是，天真的张勋带了五千类似行为艺术家的辫子兵浩浩荡荡杀进北京。但等到张勋把溥仪这具政治僵尸从紫禁城里扶出来粉墨登场，同样是在徐树铮的策划下，段祺瑞于马厂誓师，高调通电讨伐张勋。仅仅两个星期，张勋和溥仪的复辟闹剧便戛然而止，黎元洪黯然下台，段祺瑞则坐收三造共和的美名并成功地东山再起。

徐树铮和张勋本系旧交，但为了主公和自己的政治前途，他充分利用了头脑简单的张勋。后来张勋去世，徐树铮曾送挽联一副，表达了某种程度的同情和伤感：

仗匹夫节，挽九庙灵，其志堪哀，其愚不

可及也；

有六尺孤，无一抔土，斯人已死，斯事谁复为之？

孙中山眼中的班定远

黎元洪下台后，段祺瑞将冯国璋推上总统宝座，他本人又一次组阁。这一回，对德、意宣战水到渠成，并且，还以参战为名，成立了一个凌驾于各部门之上的特殊机构，即督办参战事务处，负责训练参战军，由段祺瑞亲任督办。一年后，随着“一战”结束，参战督办改为边防督办，参战军改为国防军，后来又改为边防军。在督办参战事务处之下，还成立了一个西北边防筹备处，由徐树铮任处长。此后，又任命徐树铮为西北筹边使和西北边防总司令，其职责为“规画西北边务并振兴各地方事务”。

徐树铮受命后，在河南和安徽等地招募新兵，并对已划归参战处的四个奉军补充旅加以整编，组成西北边防军，下辖四个混成旅。按段祺瑞和徐树铮的本意，成立以参战为名的参战军，主要是为了扩充势力，以便实现蓄谋已久的武力统一中国的梦想。但因缘际会，徐树铮和他统领的这支西北边防军，却结结实实地为维护国家统一立下了汗马功劳，徐本人也因而被孙中山大为称道。

众所周知，如今被称为外蒙古的地方，历史上曾是中国的一部分。辛亥革命之际，中土大乱，在沙俄策动下，外蒙古活佛八世哲布尊丹巴于库伦独立，建立大蒙古国并自立为帝，年号共戴。随后，俄蒙军队包围了清政府驻库伦的蒙古办事大臣衙门，解除清军武装并将办事大臣及随从押送出境。外蒙古的独立，清政府和继后的民国政府均不承认。两年后，在沙俄威逼下，袁世凯不得不和沙俄签订了《中俄声明》，声明规定，中国承认外蒙古自治，外蒙古承认中国的宗主权，中国不得在外蒙派驻官员、军队，以及移民。十月革命后，俄国无力东顾，遂引发了日本对外蒙古地区的贪欲，在驻库伦武官松井中佐等人的策划下，日本拟成立一个包括布里雅特和内外蒙古及呼伦贝尔在内的大蒙古国。

八世哲布尊丹巴称帝前，外蒙古的政体是王公管有一种广为流传说法是，张勋儿戏般的复辟，实乃徐树铮所策划。徐树铮此前到徐州会晤张勋，向张表示，芝老（段祺瑞）只求达到驱黎目的，一切手段在所不计。

政，喇嘛管教，但哲布尊丹巴上台后，集政教大权于一身，喇嘛当道，王公大权旁落，引发其强烈不满。再加上畏惧日本乘机侵占，王公们纷纷策动撤销自治——其目的当然不是为了归附中央，而是为了恢复前清旧制，以便重掌大权。当时，代表民国政府驻库伦的是都护使陈毅。但陈毅举措失当，哲布尊丹巴坚决反对撤治。这时，徐树铮奉命处理此事。

徐树铮显示了一个边才的雄才大略。他在任西北边防筹备处长时，即对外蒙古以及日、俄之间的关系了若指掌，他认为外蒙古对中国徘徊观望，乃是由于日、俄蛊惑所致。为此，他甫一进入库伦，即与松井交涉，通过国际法惯例，将松井非法派遣到库伦的一百余名士兵缴械。对于蒙古喇嘛、王公在中、俄、日之间的骑墙，徐树铮认为是中国方面不够强势。为此，他在入蒙之前调集了 80 辆大卡车，入库伦时，每车乘士兵 20 人，将所有新式武器悉数向蒙古人展示。车辆进入军营后，士兵受命伏于车内，上以帆布覆盖，重又离开营房，驶到库伦郊外，混入其他车辆中，以为疑兵之势。当时，徐树铮所部只有 8000 人，但外界纷纷猜测他至少带了五万军队。

徐树铮曾留学日本，精通日语，与日方打交通，例不用翻译。到外蒙古后，他突击学习蒙古语，并告诉左右“在我学习蒙古文之时，非有特别重要事故，概不会客”。这个罕见的语言天才，仅用了两周时间便能用蒙古语与蒙古人交流。

陈毅此前徒劳无功，在于其人优柔寡断，一会儿幻想通过王公说服喇嘛，一会儿又幻想通过喇嘛说服王公，但无论是依靠王公还是依靠喇嘛，都不过是仰人鼻息乃至与虎谋皮。“徐树铮不同于陈毅的，是他懂得用权术来处理外蒙古问题，针对王公、喇嘛和活佛的弱点各个击破。”1919 年 11 月 17 日，外蒙古上书中华民国大总统徐世昌，呈请废除俄蒙一切条约，蒙古全境归还中国。至此，徐树铮入蒙仅仅 22 天，不费一枪一弹，便完成了外蒙古重归版图的重任。

此后，徐树铮在外蒙古设立边蒙银行，聘请德国化学家从事地下资源调查，从天津引种大白菜（此前外蒙从来没有蔬菜），俾使外蒙风气为之一新。总之，倘若徐树铮专心治理外蒙古，徐本人拥有如此广阔的土地与资源，完全能像后来的盛世才独霸新疆那样割据外蒙古，而外蒙古也不至于在数年后再度独立，并永远从中国分离出去。然而，徐树铮志不在外蒙古这一边僻之地；更何况，他不可能背弃对他有知遇之恩的段祺瑞。当中原战事爆发后，徐树铮不得不带领他的边防军回到内地，投身到内战的厮杀中。

外蒙古进展神速，徐树铮自然大为雀跃，他诗兴大发，写下了一首慷慨激昂的《念奴娇·笳》：

砉然长啸，带边气，孤奏荒茫无拍。坐起徘徊，声过处，愁数南冠晨夕。夜月吹寒，疏风破晓，断梦休重觅。雄鸡遥远，此时天下将白。

遥想中夜哀歌，唾壶敲缺，剩怨填胸臆。空外流音，才睡浓，胡遽呜呜惊逼。商妇琵琶，阳陶觱篥，万感真横集。琱戈推枕，问君今日何日？

徐树铮收复外蒙古，赢得了孙中山的激赏。孙中山在给徐的复电中称：“吾国久无班超、傅介子其人，执事于旬日间建此奇功，以方古人，未知孰愈。自前清季世，四裔携贰，几于日蹙国百里。外蒙纠纷，亦既七年，一旦复用，重见五族共和之盛，此宜举国欢欣鼓舞者也。”

作为革命者的孙中山，向来与作为军阀的段祺瑞和徐树铮之流是汉贼不两立，因此孙中山的这通电文，甚至遭到了其部下的质疑。孙解释说：“徐收回蒙古，功实过于傅介子、陈汤，公论自不可没。”

孙中山对徐树铮的盛赞，固然有为其收复国土而欣慰的因素，而另一个因素则和此时的国内政局不无关系：在北方，直皖渐成水火，很快便爆发了直皖大战，并以段祺瑞的失败告终；在南方，孙中山受桂系排挤，郁郁不得志。孙中山的一大设想就是联合段祺瑞和张作霖以图崛起——也许我们有些难以想象，教科书里光明磊落的革命家孙中山，竟然会与段祺瑞和张作霖这样的军阀勾勾搭搭，但真实的历史就是如此。须知，历史人物不是一个非 A 即 B 的平面，而是一个多面体。即使革命家，他也要审时度势，也要合纵连横。

孙中山对徐树铮的赏识是不言而喻的。直皖大战失败后，徐树铮下野，避居天津。随后，他前往桂林拜会孙中山。孙中山在给蒋介石的信中称“徐君此来，慰我多年渴望”。及至相见，两人惺惺相惜，孙中山甚至不揣冒昧，请求徐树铮留下来做他的参谋长，但徐树铮乃是段祺瑞的小扇子和灵魂，他只得婉辞：我在北方帮助孙先生，会比在孙先生身边帮助更大。孙中山去世后，举国哀悼，挽联无数，而公认写得最好的，则出自徐树铮之手：

百年之政，孰若民先，曷居乎一言而兴，一言而丧；

十稔以还，使无公在，正不知几人称帝，几人称王。

西洋人座上的考察使

直皖之战败后，段祺瑞退居天津，徐树铮隐身上海租界，但两人都无一时忘却东山再起。1924 年夏秋之交，江浙战起。交战双方，一为皖系卢永祥、何丰林；一为直系齐燮元、孙传芳。齐、孙深恐能量极大的徐树铮在上海捣乱，便通过租界要求徐树铮离开上海。英国总领事向徐表示，香港、大连等地都可选择，只要不留在上海就行。徐却出人意料地提出，他要去伦敦。徐的一个朋友对此很不解，徐告诉他：“段派一意拉拢日本，其他列强尤其英美当然眼红，所以直系的曹吴便成为奇货可居了。处在现今国际局势之下，要想搞政治就必须多争取他国，因此我决意去欧洲，认真了解他们国家的政治经济以及军事情况，有机会就和朝野的政治家接触，这对老总将来出山是会有益处的。”

就在徐树铮将要出行时，冯玉祥发动北京政变，总统曹锟下台，段祺瑞出任临时执政。段急需他的这把小扇子出谋划策，因而反对徐出国，但徐一再坚持，段只得任命他为欧美考察专使，原本的私人行动变为国家行动。

徐树铮的考察历时半年有奇，先后会见多国政要，“使车所至，上自君相，下逮士庶，莫不殊礼相待”。在法国，由白里索中将接待；在俄国，会晤斯大林和托洛茨基；在美国，会见总统柯立芝；在东京，日本天皇、首相和外相先后接见。尤值一说的是，在意大利时，徐树铮与墨索里尼两次会晤，相谈甚欢，乃至外界普遍传言，说墨索里尼将大力支持皖系，助其武力统一中国。

徐树铮多才多艺，举凡诗词、书法、音乐均有涉猎，且都达到专业水平。平素与徐树铮来往的，乃是张謇、林纾、柯绍忞、马通伯这样的大师级人物，因此，作为儒将的徐树铮看不起行伍里那些胸无点墨的军阀如冯玉祥、张勋之辈，显然也是意料中的事。以昆曲而言，徐树铮不仅能自度曲谱，还曾与俞振飞这样的名角同台演出。状元张謇为此写诗相赠，把他和梅兰芳相提并论："将军高唱大江东，气与梅郎角两雄。识得刚柔离合意，平章休问老村翁。"以诗词而论，除前面所引那首写于外蒙的《念奴娇》颇能洞悉其豪放与慷慨外，他存留的两百多首诗词，大多清新可诵。是故徐一士认为，徐树铮的文章及诗词，"颇有功候，不乏斐然之作，不仅以人传也"。

正是有着这种过人的文化素养，在考察过程中，风度翩翩的徐树铮虽然本系军人，却给人以儒雅斯文之感。他受邀在英国皇家学院演讲时，其题目赫然是《中国古今音乐沿革》，其风流与博学，把同时代的军人甩出好几条街。

考察结束后，徐树铮自上海登陆，上海滩的大亨如黄金荣、杜月笙，以及此前为敌，现在为友的五省联军总司令孙传芳均亲自迎迓，上海各团体举办盛大宴会，庆祝专使成功观察归国。

孰料，段祺瑞从北京发来电报，要求徐树铮暂留上海，勿赴京师。原来，此时北京乃是冯玉祥的势力范围，段祺瑞虽名为临时执政，事实上已无多大实权，且随时准备下野。而冯玉祥和徐树铮之间，有着一个解不开的死疙瘩。段祺瑞担心，徐树铮一旦进京，无异羊落虎口，到时只有任人宰割的份儿。

徐树铮却不以为然，他自认为是受命考察的专使，也是北洋袍泽中唯一有国际声望的人，没人敢把他怎么样，即便是丘壑深沉、相机而动的冯玉祥，也不在话下。

徐树铮和段祺瑞这对共进退的难兄难弟，先以私人身份相见。相对跪拜后，两个出入枪林弹雨的军阀竟然抱头痛哭。在从来就不缺背叛与猜忌的中国政坛，如段祺瑞和徐树铮之间那样几十年如一日的忠贞与信任，的确颇为罕见，而他们这度尽劫波后的一拜一哭，亦让人动容。

冯部枪下的不归人

彼时的北京风声鹤唳，一夕数惊。包括段祺瑞在内的新朋旧雨，无不为徐树铮的安全担忧，一致认为当务之急是尽快离开北京。1925 年 12 月 29 日，亦即在北京待了短短的六天后，徐树铮决定离开北京这个是非之地。当天下午，段祺瑞在他的书桌上发现一张神秘的字条，上书：又铮不可行，行必死。段颇为着急，派人把字条送到徐树铮处，但徐不以为意。临上车时，他的手下带了一连人马前来护驾，但徐坚持不要。

徐坐的是一辆加挂在火车上的专车，当晚 9 时离京，直到凌晨 1 点，才到达廊坊，而这里，竟成了他的丧命之地。

据徐树铮旧部桂森回忆，当专车在廊坊停下时，只见站台上到处都是军人。一名军官带领两名大刀队（冯玉祥士兵多带大刀，故称大刀队）登上火车，这名军官手持察哈尔都统、冯军前线司令张之江的名片求见徐树铮，说是张之江请徐专使到司令部有事商议。此时徐已入睡，他的随从敲门告知后，徐说他这几天身体不适，待到天津休息一两天，随时可以约定时间，要么我到这里来，要么请张都统到天津都可以。正在交涉之际，又有一名少校军法官闯上专车声称："我们都统有事和你商谈，请你即刻随我下车，同到司令部一趟。"徐树铮察言观色，知道事情有变，乃傲然回答说："你先回去告诉张都统，请他再仔细看一看冯先生的电报，是否尚有错误？"那名军法官干脆招进十多名士兵，不由分说，把徐拖下卧铺，架起就走。徐树铮要求加一件衣服亦不允许，只着睡衣和一只袜子即被押走，随行人员亦同时被扣。

徐树铮一行被押送到一所学校内，分别关进不同的屋子里。桂森后来回忆说，他被关进房间后，不久就听到门外传来急促的脚步声，同时还听到徐的声音。后来，门外传来两声枪响。就是这两声枪响，结束了一代枭雄徐树铮的性命。

次日早晨，桂森等徐的随从被召集到一间教室，一个身材高大的麻子向他们训话，此人自称是陆承武，乃是陆建章的儿子，此番劫杀徐树铮，旨在替父报仇。尔后，张之江的副官也来告诉众人，“徐某系陆承武所杀，乃冤冤相报。君等获释，皆张督办（之江）力保之功”。并命令他们各具切结，打手印，宣誓不泄漏一字，否则全家性命不保，随后全体合拍一照，每人给了短程车费后遣散。

徐树铮的死于非命，直接原因在于他几年前的一桩震惊世人的暗杀；而间接原因，则既在于他骨子里的跋扈与妄为，同时还在于彼时错综复杂的政治形势。

1918 年，正值南北对峙的护法战争期间。前一年，孙中山以维护临时约法、恢复国会为由，联合西南军阀对抗北京政府。志在统一全国的段祺瑞在徐树铮的策划下，调兵遣将，长驱南方。但令段、徐颇为恼怒的是，北洋军的重要将领们大多厌战主和，其中最为高调的便是冯玉祥。当时，总统冯国璋与段祺瑞不和，督军团在天津开会期间，冯国璋暗中授意陆建章的儿子陆承武，让其将陆建章请到天津，要他利用影响力，把身为直系却主战的曹锟拉回来，以便进一步打击主战的皖系。其时，徐树铮正在天津，任奉军副司令，他得知陆建章到达天津后，立即向其动手。

陆建章在袁世凯时代即为军政执法处长，是旧中国特务机构的创始人。陆建章心狠手辣，杀人不眨眼，人送绰号陆屠夫。他经常干的事是请人吃饭，饭局结束送客时，从背后开枪打杀。因此，人们称他的请柬是阎王票子。袁世凯称帝时，陆因积极拥戴，受封一等伯。袁世凯一直不肯重用徐树铮，据说，其中就有陆的挑拨。所以徐与陆早有旧隙。

陆到达天津后，徐树铮以晚辈名义，甚是恭谦地写信给陆建章，邀请他到驻津奉军司令部赴宴。陆虽然知道徐和自己有隙，但自恃乃是现任将军又是北洋前辈，且徐树铮又是陆承武的同学，徐树铮的老婆和陆承武的老婆也是同学，如此关系，徐不可能对他下手，于是欣然前往。但是，这只老谋深算的老狐狸低估了徐树铮的胆大妄为：当陆建章走进花园时，徐的卫士在他身后开枪了。

徐树铮杀死陆建章后发了一道电文，捏造陆建章在与他谈话时大骂总统和曹锟，纯属死有余辜。但是，墨写的谎言掩盖不了血写的事实。当段祺瑞闻知此事后，亦连声惊叹："又铮闯的祸太大了，朗斋（陆建章）千错万错，毕竟是北洋袍泽，他怎能如此乱开杀戒！"

袁世凯对徐树铮有个评价，曰："又铮，其人亦小有才，如循正轨，可期远到。但傲岸自是，开罪于人特多。芝泉（即段祺瑞）如爱之，不应反以害之。"以徐擅杀陆建章来说，他的本意当然是为了段祺瑞，客观上却给段带来了极大麻烦。段祺瑞最大的人格魅力在于，他知人善任，只要是他信任的部属，哪怕是闯了大祸，他也替他们兜着。就像美国驻华公使芮恩施评价的那样：他总是把工作交给下属处理，总是掩护他的下属而自行负责。他人格简朴，富于思考，这些特点都使这位沉静而不屈不挠的人成为中国最动人的人物之一。所以，尽管震惊于徐树铮的滥杀，段祺瑞还是不得不为自己的心腹爱将擦屁股。

徐树铮死后，媒体的报道均是"陆承武替父报仇杀死徐树铮"。对此，段祺瑞一针见血："所谓仇者，伪也。"

徐树铮暴死，段祺瑞如断一臂，但这位已然时过境迁的皖系头号人物，已经无力为他的爱将张目雪恨了，他唯一能做的是为徐树铮写一篇情真意切的神道碑。碑文中，段祺瑞称赞徐树铮“性风正，志忠纯，重职责，慎交游，其才气远出侪辈”。四载之后，段祺瑞下野出京，当专车驶离北京站后一小时，段忽然问手下人，车过廊坊停留多久？又问，“又铮遇难是否即在车站？”专车到达廊坊站时，段祺瑞开窗西望，长达10分钟，只见他口唇微动，喃喃自语，终至老泪纵横，掩面入卧。对这位曾在中国政坛叱咤风云多年的著名人物来说，此刻他肯定已经明白，属于他和他毕生最信任的下属兼知交的徐树铮的武力统一中国的梦想，早就如同肥皂泡一样破灭了；那些曾经有过的柳营试马、虎帐谈兵的写意时光，也早就一去不复返；属于他的，唯有无尽的回忆和伤感……

今天我们回望徐树铮，运筹帷幄的军阀、处心积虑的政客、诗酒豪情的文人、折冲樽俎的外交官，这些看上去风马牛不相及的东西竟神奇地叠加在一个人的身上，其所彰显的，其实是这个人所处的时代特质。是的，民国就是这样一个五味杂陈的复合时代：阴谋与阳谋，杀气与才气，救国吊民与飞黄腾达，个人恩怨与圈子意气都那么神奇地交织和交融在一起，而生逢其时的弄潮儿，他们的人生都因为生机勃勃而呈现为一个个令我辈可望而不可即的多面体。

行文至此，还有一段后话。话说徐树铮娶有一妻四妾，育下子女十人。其中，最受徐树铮喜爱者为三子徐道邻。徐树铮死时，徐道邻未及弱冠，正在德国留学。惊悉噩耗，这个年轻人回国掩埋了父亲，旋即再赴德国继续学业。数年后，学成归来，供职于国防设计委员会和行政院等中枢部门，深受蒋介石器重，指定为蒋经国的老师。就在抗战胜利之际，已是行政院政务处长和知名法学家的徐道邻突然向法院提出诉状，控告张之江和冯玉祥，罪名是故意杀人。徐道邻在《二十年后的伸冤》里说："凡是读中国书、听中国戏、看中国小说的人，对于他，没有一件比替父亲伸冤报仇更重要的。但是我那时知道，对于我，这却不是一件简单的事情。冯是一个手握重兵的大军阀。我是一个赤手空拳的孩子，怎么能谈报仇？想要报仇，必须努力向上，在社会上有了一点地位，然后才能作此想。因此我下定了决心：先拿报仇的精神去读书。等书读好了，再拿做事的精神去报仇。"但是，法院以杀人罪的起诉时效为十五年为由，拒绝受理。

张伯驹门前的泔水味

唐师曾

包括帝王在内的历代收藏，都在《平复帖》上钤下了自己的印迹。只有张伯驹，不留丝毫痕迹。凡经手收藏的人，都以《平复帖》获利，唯独张伯驹倒贴了一大把银子，无偿献给国家。

与张学良、溥侗、袁克文一起被称为“民国四大公子”的张伯驹，是集收藏、书法、诗词、戏剧于一身的我国一代艺苑宗师。在国难当头时期，为了避免国宝流失而不惜倾家荡产，把生死置之度外，用忠诚与生命捍卫和保护了我国的重要文化遗产，为弘扬和振兴民族文化做出了卓越贡献。在“西安事变”、北平和平解放中，都留下了他的爱国主义身影。新中国成立后，他将价值数百亿元的《平复帖》《游春图》等118件国宝全部捐献给国家。1982年，张伯驹先生辞世。

一

后海南沿26号坐南朝北，是张伯驹故居。去年路过还是老房子，能嗅出张伯驹的狷介气，仿佛我到过的菩提迦叶。刚才出门散步，发现紫竹林后张宅翻建了，你倒是好好建啊，整个一个驴粪蛋，粗针大马线的，原有的古朴内敛被夸耀成勾梁画栋，张狂如小人乍富。张伯驹的寒门小院被包装成大观园的绣花枕头。门前一个偌大的垃圾处理场，弥漫着酒吧街刺鼻的泔水味。

张伯驹字家骐，河南项城人，号丛碧、游春主人、好好先生，是袁世凯表侄，曾在吴佩孚、张作霖麾下官至旅长。后因厌恶内战，弃仕从商，任盐业银行常务董事时开始收藏书画。北平解放前夕，国民政府劝张伯驹去台湾或美国定居。张伯驹为保护文化古城，亲自驱车将两盆最大的腊梅送到傅作义府上，力劝停战。

张伯驹有两位太太，因志趣相迥，日久而味乏。38岁在上海邂逅20岁的“潘妃”，惊为“天女”。潘素，苏州人，稍识字，通丹青，擅弹琵琶，在上海西藏路一汕头路“张帜迎客”，号称“潘妃”。张伯驹见到“潘妃”才情大发，提笔一副对联：“潘步掌中轻，十步香尘生罗袜。妃弹塞上曲，千秋胡语入琵琶”。从此双双坠入爱河。当时“潘妃”已与国民政府一中将谈婚论嫁。遇张伯驹一见钟情、心有灵犀后私奔北京。

1935年，39岁的张伯驹，纳小自己18岁的潘素为妾，从此相濡以沫，把“苏杭第一美女”熏染成帝京著名画家。山水、人物、花竹、鸟兽……无不擅长，特别是山水，多用青绿，笔法直逼南宋。曾三次与张大千联袂作画。潘素的《什刹海冬景》天穹昏暗，远山含雪，柳枝无叶，树干苍遒，寥寥数笔把家门前什刹海的神韵随意渲染。该画曾借给《往事并不如烟》的作者章诒和临摹。

二

1953年，康生、江青奉毛主席旨意发起“现代京剧”，康生亲自拜访张伯驹，要张牵头。张伯驹受宠若惊，当即显摆自己收藏的古董。康生提出将“看中”的几样借回家欣赏。张伯驹书生意气，当即一言驷马。可藏品刚出门，就开始翻小肠嘀咕，反复叮嘱一定要妥善保管。待康生逾期不还，立即如热锅上的蚂蚁，反复追讨。还找到陈毅，陈毅报告周恩来。周恩来夫妇找到康生，自称要借来看看，意在提醒康生还。这能不得罪康生吗？

1956年，提高觉悟的张伯驹、潘素夫妇，将30年收藏的珍品：陆机《平复帖》、杜牧《赠张好好诗》、范仲淹《道服赞》、黄庭坚《草书》等20多件无偿捐给国家。“这东西虽是我出钱买的，但不归我一人独占。要让子孙后代欣赏，知道文化是什么，艺术是什么。”此举轰动四海。引得朱家溍等亦步亦趋、竭力模仿，以示进步。

1957年初夏，陈毅参观张伯驹等举办的《明清书画展》，为张伯驹的收藏和慷慨震惊，称赞说：“先生为保护国家文物之举令人敬佩，带头献给国家，能唤起民族的自豪感。先生诗词亦有北宋风度啊。”

“十大元帅”战功卓著，唯陈毅以儒将自居，好结交文人雅士。遂将张伯驹纳为统战对象，屡有往来。吟诗写字，听戏下棋，诗友、棋友，时常互赠礼物。张伯驹一生宦海，深知人生飘摇，陈毅是自己交友中唯一“解放区的天”。

1957年，张伯驹捐献不到一年，便被划作右派。康生在革命群众搜集的《张伯驹反动言论摘编》上，用红铅笔批了“极右”。8月30日、31日，戏剧界、国画界连续两天批斗张伯驹。组织上找子女谈话，“希望你们划清界限”。

儿子从此断绝关系，女儿也不回家了。以往觥筹交错的张府顿时门庭冷落，潇洒一生的张伯驹瞬间失去自信。没有收入，只能靠“潘妃”卖工笔画维持生活。献宝不到一年，张伯驹就“天骄”变右派。他捶胸顿足，沮丧至极：“想想自己看画，有时也会看错，假的看成真的，真的看成假的，是吧？人有时也会偶尔看错嘛，对不对？”

从此每个星期都要批斗，大字报铺天盖地，屡屡向各界求救，可没人能救他。陈毅元帅担心张大公子养尊处优，受不了群众运动，会自绝人民。

1960年，陈毅老友、吉林省委书记于毅夫赴京开会。陈毅对他说：“我有一个好朋友，叫张伯驹，目前境遇不太好，吉林省能不能给他安排一下工作？”于毅夫立即吩咐省委宣传部长宋振庭安排，让他“设法给人家一条出路”。

三

1961年初春，门可罗雀的张府，突然收到一封来自长春的电报：“伯驹并潘素女士：吉林地处东北腹地，物阜民丰，百业待举，现省博物馆急需有经验的人才，若伯驹先生允许，可否考虑来吉林工作，翘盼待复！中共吉林省委宣传部宋振庭。”

十几天后，又一电报：“伯驹先生并潘素女士：关于聘请二位来吉任职一事，已经有关部门批复，若无不妥，望能尽速来吉，一应调转手续，以后再补办。中国吉林省委宣传部宋振庭。”

草木皆兵的张伯驹，不相信天下有如此好事，主动坦白自己“右派”身份：“宋振庭足下台鉴：两电喜获，不胜惶恐。我因齿落唇钝，多舛有错，名列右派，实非所志。若能工作国家，赎过万一，自荣幸万分，若有不便，也盼函告。张伯驹。”

几天后又收到六个字：“电悉，盼速来吉。宋振庭。”

张伯驹这才知道是陈毅帮忙，行前带潘素去陈毅家辞行，为“右派”罪行惴惴不安。陈毅劝他：“人生一世，受点冤枉怕什么，有弄清楚的那一天！”张说：“或者我真错了？”陈毅道：“你反党、反社会主义？你把自己最珍贵的东西都献给了这个党，献给了这个社会主义。这连峨眉山的猴子都不信！”

临别，陈毅送张伯驹一个纸包，嘱咐到吉林再看。可张伯驹忍不住，偷偷打开，是陈毅的一幅字：“大雪压青松，青松挺且直。要知松高洁，待到雪化时。陈毅。”

张伯驹受宠若惊，将自己所剩的全部书画共计 30 多件，全部捐献吉林博物馆作为觐见之礼。其中宋朝杨婕妤的《百花图》，是我国现存的第一位女画家的作品，一直被张伯驹视为最后的精神慰藉，也捐了出去。

四

张伯驹的收藏来之不易，《平复帖》是西晋陆机手书真迹，距今已有 1700 年，比王羲之的手迹还早七八十年，是中国已见最古老的纸本法书，又是汉隶到草书过渡及章草的最初形态，被收藏界尊为“中华第一帖”。

1911 年清室推翻后，《平复帖》从皇家流落到末代皇帝溥仪堂兄、恭亲王之孙溥儒（心畬）手中。有人开价 20 万大洋，张大千当中介都不卖。直到卢沟桥事变，溥儒母亲病故，手紧缺钱，才出让府藏《平复帖》。张伯驹以 4 万大洋购得，随即遭人“绑票”，索金 200 根金条，意在逼索《平复帖》。

被“绑票”的张伯驹大耍少爷脾气，绝食好几天，憔悴将死。他对潘素说：“怎么救？救不救都不要紧。但一定要保护好我的收藏品。如果变卖收藏赎我，就是死也不出去。”张伯驹冒“撕票”危险，僵持了八个月，直到绑匪妥协，将赎金降到 40 万大洋，潘素和张家多方筹措，变卖首饰，才将张伯驹救出来。潘素独自取道河南到西安，将年幼的女儿张博彩托付西安友人，自己一人回京，将《平复帖》等国宝级字画，缝在被子里，一件件运到西安。

范仲淹的《道服赞》，是范仲淹为友人所制道服撰写的赞文，是范仲淹传世的唯一楷书。张伯驹举债以 110 两黄金购得。

1949 年初，张伯驹夫妇琉璃厂偶遇传世国宝——《游春图》。《游春图》是隋代画家展子虔所绘，距今 1400 多年，是中国现存最早的画作，张伯驹忍痛变卖河南老家千亩田园，并京城弓弦胡同 15 亩豪宅换得 220 两黄金，买下《游春图》。

五

1967年，张伯驹以“历史反革命”“资本家”“反动文人”“封建阶级的孝子贤孙”“反对革命样板戏黑手”“右派头子”“资产阶级安放在吉林省文化界的定时炸弹”“走资派的马前卒”8项罪名再遭批斗。革委会将其隔离审查8个月后，做“敌我矛盾，按人民内部矛盾处理”，从吉林博物馆退职，押往舒兰县劳动改造。公社拒收这个年近七十、无力劳动的老头儿：“这里养活不了你们，滚回北京吧，省得冬天冻死。”

后海南沿26号早已被革命群众占领，挤进四户革命群众。曾拥有稀世珍宝的张伯驹无分文、无粮票、无户口，靠亲朋接济混了一年多。

街道上一帮文盲左派老太太掌了权，革命使其威风凛凛。“谁批准你们回来的？”“有户口吗？”“有证明吗？”“有介绍信吗？”“偷偷溜回北京，是何居心？”张伯驹满腹委屈，只重复呢喃：“这儿是我的家呀，我在这儿住了几十年了！”如此革命每天数次，愈演愈烈，邻里偶有龃龉，就是“反革命阶级报复”。

潘素私下告诉章诒和："我们什刹海的家，也不像个家了。抄家的红卫兵、造反派、街道居委会串通一气，凡能拿走的，都拿走了。房子拿不走，就叫外人搬进来住。四合院一旦成杂院，日子就难了。你家来什么人，你说什么话，家里吃什么东西，都有眼睛盯着。"万般无奈，只有给陈毅写信："陈毅先生并张茜女士：一别数载，思忆每每。我们夫妇二人，颠沛流离，罄竹难书。革命一起，却遭贬黜。日日游斗，不能一刻休暇；暗暗地牢，辜负二年时光。后远遣乡下，躬耕陇亩，力尽精疲，相濡以沫。尚幸好人仍在，私相关照，得以偷生。冬日到来，赐返京师，疗治体病。不想，又遇市井小人，恶言相向，立目横眉，未可一世。威风凛凛，詈言咄咄，教人实难苟活。无奈，特致函先生夫妇，一吐胸臆。不知这般加害，却是何方精神？张伯驹 1971 年 11 月 18 日。"

5 天后，收到张茜回信："张先生并潘素夫人：你们好！来信收悉。最近几年，仲泓一直关心你们情况，因为太忙，加之心绪不好，所以也没怎么写信。你们的信我已给仲泓念了。他因患癌症，在 301 医院住院，已属晚期，身体差得很。听完信，他便交代秘书，对你的事多加关心，并向总理反映一下。如今国内形势远非当初所愿，中央又刚出了事（此处指林彪事件），所以一些本应及早解决的问题，就这么拖了下来。盼二位保重身体。张茜 1971 年 11 月 21 日。”

1972 年 1 月 4 日，陈毅弥留之际，再次提到张伯驹，说：“很可惜……我们帮不了他。前几天我向总理说过，恐怕他太忙了，顾不上。伯驹他们，日子一定很艰难……”

陈毅流着泪吩咐张茜：“那副围棋呢？”张茜迟疑后从书架上搬下一个大理石盒，放在陈毅手边。这是陈毅几十年的心爱之物，玉石棋子黑白分明。“棋盘分为两块，一块就是我们共产党；另一块好比民主党派、党外人士，只有我们合在一起，才能成为一个棋盘。”张茜心领神会：“把这个送给张伯驹……”

六

1972 年 1 月 10 日，八宝山，中共中央为陈毅举行追悼大会。毛泽东身穿睡衣，突然出现在八宝山。他走到陈毅遗像前默默肃立，又扫视一周，站在一副长联面前低头不语。

“仗剑从云，作干城，忠心不易，军声在淮海，遗爱在江南，万庶尽衔哀，回望大好山河，永离赤县；挥戈挽日，契尊俎，豪气犹存，无愧于平生，有功于天下，九泉应含笑，伫看重新世界，遍树红旗！”

毛吟罢，说：“写得好！”问身旁的周恩来：“这个张伯驹是什么人哪？”周恩来想了想，说：“是位民主人士，是陈毅同志生前好友。”陈毅夫人张茜忙插话说：“主席啊，就是当年送您李白《上阳台帖》的张伯驹啊！他把‘传世第一字’‘传世第一山水’都献给国家了……”毛听罢若有所思，说：“哦。他人来了没有？”周恩来马上附耳过去，片刻，好像接过毛的话，大声喊：“一定照主席指示办！”声震灵堂。

周恩来责成童小鹏安排，被“黑”了3年的张伯驹，户口终于从吉林落回北京。转了一圈，早已一无所有。

1978年9月，毛主席逝世两年后，张伯驹才得以平反。中共吉林省委宣传部，批准吉林省文物局上报对张伯驹的复查结论，予以平反，恢复名誉。此时，张已是步履蹒跚的八旬老人。

七

画家黄永玉回忆：四害伏法，伯驹先生及碌碌众生得活。月入八十元与潘素相依为命。某日余携妻儿赴西郊莫斯科餐厅小作牙祭，忽见伯驹先生蹒跚而来，孤寂索寞，坐于小偏桌旁。餐至，红菜汤一盆，面包四片，果酱一碟，黄油二小块。先生缓慢从容品味。红菜汤毕，小心自口袋中取出小手巾一方，将抹上果酱及黄油之四片面包细心裹就，提小包自人丛中缓缓隐去。余目送此庄严背影，不忍它移。半月后，惊闻伯驹先生逝世……

1982 年初，张伯驹因感冒住进什刹海西南的北大医院，因级别太低，只能与七八位老百姓共挤一间病房，按照规定，单位不许“转院”。张伯驹心绪不安，闹着要回家。有仗义执言者到医院大闹，说张先生捐赠足以买你们这样的医院好几座……2 月 26 日，领导终于做出“同意转院”批示，当女儿拿着批示赶到医院时，张伯驹已停止呼吸。

包括帝王在内的历代收藏，都在《平复帖》上钤下了自己的印迹。只有张伯驹，不留丝毫痕迹。凡经手收藏的人，都以《平复帖》获利，唯独张伯驹倒贴了一大把银子，无偿献给国家。

《语之可》· 诞生纪

在出版界和报业从事编辑工作多年，每天的阅读中，有许多意境阔远、独抒性灵的文章跳脱出来，却往往由于不符合图书选题或报刊版面的需要而最终割爱，殊为遗憾。最近几年所供职的《作家文摘》是一份内涵丰富、偏重文史的文化类报纸，拥有一支视野开阔、眼格精准的编辑队伍，茶余饭后的研谈中深感一些有嚼头的选题有必要进一步地深化或拓展，慢慢构思出一本内容偏重轻历史的杂志书雏形，采用连续出版物的形式，在大部头的图书与快节奏的报刊之间取“中”，融合报刊的轻便丰富和书籍的系统深入，既不会使读者产生需要正襟危坐啃读长篇出版物的畏惧心理，又不会觉得不够有料，因浅尝辄止而怅然若失。小小的读本因集结了诸多情怀蕴藉、张力十足的佳作而成为读者浮躁生活的一份心动邂逅，无论日常生活中的哪一个角落、哪一种瞬间，都可随手展卷，在轻松愉悦中收获满满的启迪和感动。

这本连续出版物取名“语之可”，我们希望以一种独立纯粹的阅读趣味投入浩如烟海的文字中，发现、筛选、整理出那些兼具史料性、思想性、文学性的历史文化大散文，既有学者的深邃思想，旨要高迈、洋溢着天赋和洞见；又有文人的高格境界，灵动优美、感动人心，以最有价值最具力量的文字，剑指“文史之旨趣，家国之气象”。其余，英雄不问来路，无论作者声名，无论是否原发。

《语之可》计划每季度推出一辑，每辑三册，每册六到八万字，五到十篇文章，文章长短数千字至一两万字不等。每册所收文章内容旨趣相近，围绕一个画龙点睛的分册主题。每册都配有一组绚丽多姿的文艺插图，附有背景介绍和衍生的艺术史知识，构成一个微型的纸上主题画展，以期与内文的气质一脉相承，珠联璧合。整个装帧我们希望达到文质兼美的效果，远离一切浮华与虚张声势，回归简静大气的古典韵致，精巧易携。

虽然沉潜思量多年，就本书的出版而言，由于主观的懒散及客观的冗务，却是各种拖延蹉跎，只是在工作之余零敲碎打，有一搭无一搭。得现代出版社同仁的鼓励鞭策和精干高效运作，这个寄寓着我们理想和初心的读物——《语之可》第一辑终于和读者见面了。

书的取名也颇费踌躇。为了体现一种对高迈深远文字的追求与向往，书名受启发于孔子所言“中人以上，可以语上也；中人以下，不可以语上也”。曾有“语可”“语上”之名，最后定名于“语之可”，是觉得这样语感更富于变化，语义也更丰富。特邀北京大学赵白生教授翻译成英文。赵教授初译“Beyond Words”，已觉极佳，不想他又颇费思量地请高人译为“Proper Words”，我觉得这两个都是言近旨远，很棒地表达了我们所想表达的意味，实难取舍。

一位作家曾感慨：编辑是一群无声、无名的人，他们的一生像一块巨大冰岩，慢慢在燥热的世间融化。这是个纸质出版从田园牧歌步入挽歌的时代，几个有点理想、有点激情又有点纠结、有点随性的编辑，究竟能做点什么呢？要不要做点什么呢？始终难忘讲述一群辞典编辑日常的日本小说《编舟记》，书中这样解释事业的

“业”字：是指职业和工作，但也能从中感受到更深的含义，或许接近“天命”之意。如以烹饪调理为业的人，即是无法克制烹调热情的人，通过烹饪佳肴给众人的胃和心带来满足。每一个从业者，都是背负着如此命运、被上天选中的人。也许，我们这些以编辑为志业的人就是一群无法克制编辑热情的人，能够为读者呈奉出几本可资信赖的读物正是上苍给我们的机遇。一事精致，便可动人。很多英伦品牌历经数百年沉淀，淬炼出一种经久不衰的高尚风范，每件单品都仿佛在唤回一个逝去的优雅世界。纸质读本也是一种历久弥新的单品，以其可触可感，有热度、见性情的朴素温暖着人们的情感与记忆。在这个高速运转、速生速朽的时代，我们唯愿葆有初心，以真诚，以纯粹，以坚守，分享打动内心的文字，也期盼这文字的辉光映亮更多的人。

感谢作者们的支持，许多作者表现出毫不计较的信任，我们感念之余也深受鼓舞，为前行注入了不竭的动力。感谢《作家文摘》这个温暖有力的集体，特别需要提到语可书坊的主力们：经验丰富、功力深湛的唐兰大姐和几位 80 后、90 后新势力——飒爽能干的小琴、文思敏捷的小裴、耐心匠心兼蓄的小于……她们的辛勤付出让《语之可》及语可书坊日臻美好。

临事是苦，回想是乐。不管如何沉吟，最后收束时似乎总是感觉仓促而不满足，或是眼高手低，或是现实所羁，力有不逮，粗疏和不足之处在所难免，诚邀各位方家指正，更希望多赐精彩篇章，共同促进《语之可》茁壮成长！

张亚丽

二〇一六年冬

用思想力澄明未来

图书在版编目（CIP）数据

语之可. 01, 可惜风流总闲却 / 张亚丽主编. -- 北京：现代出版社, 2017.3

ISBN 978-7-5143-4406-6

Ⅰ. ①语… Ⅱ. ①张… Ⅲ. ①散文集－中国－当代

Ⅳ. ①I267

中国版本图书馆CIP数据核字(2016)第312441号

策　　划：作家文摘 · 语可书坊

主　　编：张亚丽

责任编辑：张　霆　赵海燕

出版发行：现代出版社

通讯地址：北京市安定门外安华里 504 号

邮政编码：100011

电　　话：010-64267325 64245264(传真)

网　　址：www.1980xd.com

电子邮箱：xiandai@vip.sina.com

印　　刷：山东新华印务有限责任公司

开　　本：787mm × 1092mm 1/32

印　　张：7.25

版　　次：2017 年 3 月第 1 版　　2017 年 3 月第 1 次印刷

书　　号：ISBN 978-7-5143-4406-6

定　　价：35.00 元